ジョン・アップダイクの世界

―体験から虚構へ―

岩元 巌 著

SEIBIDO

PIGEON FEATHERS
Pigeon Feathers John Updike
OF THE FARM
OLINGER STORIES
ASSORTED PROSE
Music School
John Updike BECH: een boek
A Month of Sundays John Updike
PROBLEMS

● 1978 年ジョージタウンの家に新しく造った書斎にて、著書にサインをするアップダイク。（1978 年 6 月　岩元撮影）

●ジョン・アップダイクが生れたペンシルヴァニア州シリングトンの家。撮影当時は医師の住宅となっていた。祖父のジョン・ホイヤーが買い、1945 年まで住んだ。（1986 年　岩元撮影）

●『走れ、ウサギ』の背景となったペンシルヴァニア州レディングの中心部。作品ではブルーワーとなっている。
（1986 年 7月　岩元撮影）

●アップダイクの通ったシリングトン高校。背景にある小高い丘が Mt. Penn という。『走れ、ウサギ』の中で、Mt. Judge となっている。（1986 年　岩元撮影）

● 1989年12月、ベヴァリーファームズの家の書斎で *Rabbit At Rest* の仕上がった原稿を見せてくれるジョン・アップダイク。
（1989年12月　岩元撮影）

● 1992年11月、ジョン・アップダイクとその妻マーサ。ウィスコンシン大学ミルウォーキー校へ講演に来られた際に撮られた。
（1992年11月　岩元撮影）

目次

目　次

序章　『自意識』

――体験と記憶から

　何年か前のこととなるが、ジョン・アップダイクの初期の短編「鳩の羽根」（"Pigeon Feathers"）を翻訳する機会を与えられ、その解説めいたことを書くこととなったが、そのとき、作家の体験した出来事とそれを素材として創造してゆく虚構としての小説との関係にぼくは魅せられてしまった。以来、不可能とは知りつつも、その関係に多少でも光を当てることがぼくの最大の関心事となってきた。そのため、これまで親しみをこめて読んできた作家が自伝などを書いていると、以前より以上に強い興味をもって読むことになってしまった。

　実は、ジョン・アップダイクという作家は、ぼくにとってはほぼ同世代の人であり、現代アメリカ作家の中で最も親しみを感じている人である。生れた年は彼の方が二つ下だが、彼の出世作『走れ、ウサギ』（*Rabbit, Run*）が発表された頃から、ぼくは現代小説の論を書き始め、以後かなり忠実に彼の作品が発表されるごとにそれを追ってきた。またロマンスと銘うった『結婚しよう』（*Marry Me*）を新潮社から翻訳するにあたり、たまたまぼくが滞米中ということもあり、会っていただいた。[1] それ以後も、ぼくは個人的にも三度もお会いし、対談をしたり、またウィスコンシン大学へお招きし、講演をしていただいたりもした。[2] 一九九五年に新潮文庫の『自選短編集』を出すこととなり、この中の作品の選択について、その前年には何度となく書簡のやりとりをしたりし、彼の人柄も大変によくわかったような気さえしたものである。

そのアップダイクが一九八九年に『自意識―回想の記』（*Self-Consciousness: Memoirs*）という自伝を発表している。それまでは彼が自分のことを書いたものといえば、初期の散文集『アソーテッド・プローズ』（*Assorted Prose*）に収められていた「花みずきの木」（"The Dogwood Tree: A Boyhood"）があるけれど、それが彼の生れ育った町シリングトン（Shillington）における少年時代を推し測る唯一の手がかりだった。しかし、『自意識』が発表されたことにより、幼少から思春期に至るアップダイクの生活が物理的、精神的にかなり鮮明となり、彼の小説、特に初期から中期にかけての作品がいかに多くの作家自身の体験に負うているかが以前よりはるかに明確となってきた。

当時、まだ六十歳に達していなかったアップダイクが自伝としての『自意識』を書く気持ちとなったのには、表面上少なくとも二つの理由があった、と推測することができる。その一つが、彼の長女が西アフリカ出身の詩人、コブラー氏（Cobblah）と結婚し、アノフ（Anoff）とクワメ（Kwame）という二人の息子をもうけたことにある。コブラー氏はハーヴァード大学の客員詩人であり、その父が国際的にも著名な陶芸家であるそうだが、二人の混血の息子にとっては、たとえ今日でも、ニューイングランドでの生活は必ずしも幸せだけのものではないはずである。成長につれて、彼らは必ずや自己の存在に困惑を感ずる時があるかもしれない。

アップダイクは自分の孫であるこの二人にアフリカの父の血の意味を解くと共に、アメリカの母の家系を知る限り記して、彼らに二つの血の中に誇るべき歴史が秘められていることを伝えておきたかったのであろう。従って『自意識』はこの二人に捧げられた書であり、その第五章「孫たちへの手紙」（"A Letter to My Grandsons"）が彼の自伝執筆の理由の一つを示すものとなっている。彼はこの章で、黒人と白人の結合の意義を説き、芸術家と教職者の血が流れるコブラー家とアップダイク家の共通点を示し、さらにはアメリカ移民の初期の歴史にも関わってきた祖先の代から今日までの家系を実にこまごまと記している。

出自を明らかにするのは自伝の一つの意図である。というのも、自伝は人がある程度の業績を成しながらも、ある時期に自己とは何であったのかを確認するためのものであるからだ。しかし、家系はいわば〈物理的〉出自であって、作者たるものは〈精神的〉出自、言いかえれば、真の意味での自己を確認できるものを書かなければならない。自伝の多くが幼少から思春期までにことさら集中するのは、人間の形成期にこそ〈精神的〉出自があるのではないかと、作者たちが考えるからではなかろうか。

アップダイクの『自意識』を読むと、それを裏づけるように、第一章「シリングトンの優しき春宵」（"A Soft Spring Night in Shillington"）、第二章「ぼくの皮膚との戦い」（"At War with My Skin"）、第三章「言葉を出すこと」（"Getting the Words Out"）のすべてが幼年期から思春期までの生活を記している。それは本全体のおよそ半分を占め、ペンシルヴァニア州内陸部にある何の変哲もない田舎町で生れたアップダイクが十三歳の秋までそこに暮し、その後十マイルほど離れた農場に移り住み、そこから中学・高校の教師だった父と共にシリングトン高校に通った時代のことがすべて書き記されている。

この三つの章を読めば、彼が後に「オリンガー物語」（"Olinger Stories"）と名付けた初期から中期かけての短編はもちろん（オリンガーはシリングトンをモデルとした架空の町）、初期の代表的長編『ケンタウロス』（*The Centaur*）と、『走れ、ウサギ』に始まるいわゆる「ウサギ四部作」の細部が自伝の中で記されている出来事と一致していることに読者は気づくことになる。

後で書くが、アップダイクは非常に多産な作家であるが、彼の描く虚構は自己体験をもとに形成されていることが多い。ただ自伝で書き記される体験としての出来事と、虚構としての作品とでは当然ながら異なる。しかし、興味は、いかにして体験が虚構として生きるかということにある。この本は主としてアップダイクの例だけを挙げてはいるが、『自意識』が発表されている以上、それを手がかりとしてぼくは彼の世界（虚構と体験から生じた）を少しでも捉えてみたいのである。


しかし、自伝ということとなれば、アメリカ文学ではどうしてもベンジャミン・フランクリンの『自叙伝』（*The Autobiography*）について言及しておかなければならない。というのは、アメリカの作家が文学形式としての自伝を書くとき、だいたいがこれを原型として意識しているのであって、アップダイクも例外ではないからである。例えば、フランクリンの自伝の原題は「回想の記」（"Memoirs"）であるが、アップダイクもまた『自意識』の副題に同じ言葉をそっくり使っている。

フランクリンが自伝の第一部に当たる「息子への手紙」を書いたのは一七七一年だったとされている。六十五歳であった彼はペンシルヴァニア議会の代理人としてイギリスに滞在していたのだが、この時、「回想の記」という形で、自分の祖父の話から語り始め、自分の出生、そしてボストンでの徒弟時代、さらにニューヨークを経てフィラデルフィアに至り、イギリスでの印刷工としての修業からペンシルヴァニアに戻ってから成功するまでを書き記している。この第一部は、一七三〇年、つまりフランクリンの二十四歳までの時代を扱う語り形式となっている。内容・構成の点でかなり違うが、アップダイクの『自意識』の第五章「孫たちへの手紙」は題を似かよわせることで、フランクリンの形をなぞっている。

後になって、フランクリンは「回想の記」を好んで『自叙伝』と呼んでいたそうである。この「回想の記」が書かれてから十年を経て、エイベル・ジェイムズ（Abel James）なるフィラデルフィアの商人が何らかの奇縁でフランクリンの自筆原稿を読み、大いに感激し、わざわざ手紙を書き、その続きを書くように要請している。それを受けて（と、フランクリンは書いているが、これは当時流行していた書簡体小説の形式をまねたきらいがあるから、必ずしも頭から信用はできないが）、彼は後年、つまり第二部を同じ語り形式だったがむしろ対象を一般読者において書いている。ここには、世の中に出る若者たちが成功するために必要な徳目十三項と、それらを身につける実践方法が具体的に披露されている。

実はこの部分がアメリカの小・中学校で読まされることが多かったために、フランクリンの『自叙伝』は処世訓のイメージを負わされて、人生における成功への道筋を子孫へ語りつぐという意味を与えられてしまった。文学的な意味合いが薄れてしまったのである。しかし、同じように貧困から身をおこし、ほとんど自学自習で小説家となり、『アメリカの悲劇』（*An American Tragedy*）という名作を著わしたシオドア・ドライサー（Theodore Dreiser）の自伝『あけぼの』（*Dawn*）を読むと、フランクリンの『自叙伝』の第一部で語られる形式を踏襲しているのがわかる。つまり、自己の出自を詳細に述べると共に、幼少から少年期を経て、いかに自己を確立していったかの過程を語っている。ドライサーはこの続編『ぼく自身の本』（*A Book About Myself*）を書き、新聞記者時代の成功と挫折を詳細に語っているが、どうも自伝としての面白さは『あけぼの』につきる。

これは、自伝というものは、作者が誰にせよ、自らの存在追求の書であるから、物理的な身許証明としての父祖の系譜と、精神的な自己確立が形成される少年期から青年期に至る物語が欠くことができないのであろう。読者の興味もそこに焦点が当っているから、作者の個性と文章の魅力によって、優れた自伝は文学的価値を有することになる。

さて、アップダイクへ話を戻すが、彼が自伝を書くことになった第二の表面的理由については、アメリカ出版界の特殊な事情と関係がある。現代のアメリカでは、伝記に対する関心が異常なほどに高い。バーナード・マラマッド（Bernard Malamud）の晩年の小説に

『ドゥービンの生活』（*Dubin's Lives*）というのがあるが、この小説の主人公は職業的伝記作家であって、小説の中でD・H・ロレンスの伝記を執筆中という設定となっている。学問的興味というより、むしろ人間的関心から読物として、作家や政治家や事業家は伝記の対象となりやすく、しかも次から次へと詳細にして大部なものが書かれている。アメリカでは、伝記を複数で書かれていないと第一級の人物とは言えない感さえある。

そのような出版界の事情から、一九八〇年代のある時、アップダイクもまた伝記作家の対象に自分がなっていることを友人から聞かされ、ぞっとしている。彼は他人に自分の伝記を書かれることは「ぼくの人生、ぼくの貴重な鉱脈《ロード・オヴ・オアー》・記憶の山《ヒープ・オヴ・メモリーズ》を奪いとられる」に等しいと考え、他人にとられるくらいなら「多少のためらいと嫌悪の感情」を抱きながらも自ら自伝を書きおこそうとした、と述べている[3]。

果たしてアップダイクに「嫌悪の感情」があったかどうかは疑わしいが、誰であれ、作家が自伝を書くに至る感情の背景には、他人に勝手に密やかな「記憶の山」を探られて、作家の原体験ともなっている貴重な「鉱脈」を荒らされてはかなわないという気持ちがあるはずである。「記憶の山」やその「鉱脈」には露わにしてよいもの、あるいは作品に変形させるべきものがあり、それは作家自身が選ぶべきと考えるのが自然であろう。

アップダイクの場合、彼が作品として露わに示すべきと考えた「鉱脈」とはどのようなものであったのだろうか？　実は、それが『自意識』の前半部分、第一章から第三章までにはほぼ集約されているのである。

すでに述べたように、アップダイクはフランクリンの『自叙伝』を意識してはいたが、その構成という点では独自の文学的な冴えを見せる。父や母の家系のことや、自分の出生の情況などを冒頭に書くということをせず、第一章では、読者を現代（一九八〇年）のある春の夕べ、霧雨が優しく降るペンシルヴァニアの田舎町シリングトンへ誘《いざな》ってくれる。彼が娘を伴って故郷の母を訪問しに行ったとき、航空会社に預けた荷物が行方不明となるが、その所在を見つけてくれた地方空港の女性がわざわざ車で届けてくれることとなり、彼がそれを受け取るためにシリングトンの映画館の前で待つという話から始まる。母と娘がたまたま町にかかっていたピーター・セラーズ演ずる『チャンス』[4]を観たいと言い、アップダイク自身はすでに観ていたので、映画館に入らずに、その前に立ち、荷物を待つことにしたのである。だが、待つ間に、生まれてから十三歳までの時期を過ごした町のあちこちを歩き、父と母のこと、そして幼い日々から少年時代の友や遊びのことなどを記憶の中から引きだしつつ、シリングトンという町の重味を心の中で再構成してゆく形をとった。

シリングトンはフィラデルフィアの北西およそ四十マイルほどの地にあるレディング（Reading）という中都市の郊外地として発生した小さな町で、アメリカの北東部にあるごくありふれた田舎町である。アップダイクはそれについて、こう書く。

その街並みも、私がかつて住んでいた家も何の変哲もなく、スケールも小さく、素朴に思えた。しかし、この上辺《うわべ》だけの素朴さの中に実は貴重で神秘的な秘密が隠されている。それが隠されていることを確信していたから、私はそれを増幅して、自分の生業《なりわい》とし、次から次へと本を書くことのできる作家を支える主題《メッセージ》とした。(5)

彼は、才気煥発すぎて、この田舎町で身をもてあましていた母親から、常々ここから広い世界へ飛びたつことを教えられて成長する。その教えどおり、十八歳でハーヴァード大学に進んだアップダイクは以後ついにこの町で生活することはなかった。しかし、彼はシリングトンを出てから後の生活のことを次のように書く。

もちろん(それは)幸運な生活だった——大学、子供たち、女たち、そしてお金にも恵まれ、多少の名声も得た。しかし、十三歳から以後というものは、生活のすべてが自分の考えで生れたように感じられないのだ。変哲のない袋小路に暗い四角い箱のような家々のたつシリングトンが私の考え《アイディア》だった。(6)

彼が述べたかったのが、少年時代の数多くのエピソードを街並みのあちこちに秘め隠しているシリングトンでの生活は、おそらく実際に起こったであろう数多くの出来事《イヴェンツ》とそれらを長年の間にわたって思い、記憶の中で創りあげていった自身の「考え」と化しているということであろう。それは他者の力の及ばぬ世界、自分だけが中心の世界であり、自己を形成していった源である。それだから、彼が将来書くべき数多くの作品の主題《メッセージ》を堆積していった貴重な「鉱脈」となったのであろう。

このように考えれば、彼が初期に批評家たちから「実に巧みに書くが、言うべきことが何もない」(7)と非難されたときに、大いに反発し、私には言うべきことが山ほどある、シリングトンのすべてがそれだ、と主張するのも頷ける。ペンシルヴァニア州バークス郡シリングトン、そこにひっそりと暮らす平凡な人々、生活の中で生ずる様々な問題に困惑し、争い、和解する人々、そしてそれをじっとうかがい見る子供たち。その平凡なアメリカの家庭生活にアップダイクは劇的なもの、物語の源泉となるものを見出してきたのである。

第二章では、彼は少年時代から今日まで悩み続けている「乾癬《ソライアシス》」という皮膚病を題材としながら、同じ病気を抱えていた母親との関係を書いている。第三章では、緊張すると少し言葉がつまる、いわゆる「吃り《スタタリング》」の癖と小児喘息とが呼応して急に息ができなくなることにまつわる挿話を語っている。この皮膚病と吃音と喘息性の呼吸困難は少年時代から思春期へと成長してゆくアップダイクの重要な障害となっており、それ以外は順調すぎるほどに恵まれた自己を密かに阻むものとし、彼の自意識をより敏感にし、そしてかつまた少年アップダイクをより複雑な人間へと成長させている。

以上のように、第一章では父のことが多く語られ、第二章では母との生活が詳しく記され、第三章ではいかに自らの自意識が形成されたかが告白されている。これがアップダイクにとっての作品を作りだすための「鉱脈」の根源であり、自伝を書いた意味は、彼の言う「言うべきこと」の数多くがシリングトンの町に埋もれていることを世に開示することにあったのである。

実際に、後で詳述することになろうが、「乾癬」は『ケンタウロス』(*The Centaur*)の主人公ピーターに与えられている。それは思春期に入った彼を他の少年少女たちとの普通の交友を阻むものとなっている。ギリシア神話との二重写しで進められているこの小説では、ピーターは同時に「鎖につながれた」プロメテウスでもあるが、「乾癬」は彼をつなぎ、彼の自由を阻む「鎖」の役割をになうのである。

吃音と喘息性からくる呼吸困難は『結婚しよう』(*Marry Me*)の主人公ジェリーに、そして連作短編集『メイプル夫妻の物語』(*Too Far To Go: The Maples Stories*)の主人公リチャードの持病となっている。ジェリーもリチャードも長年連れ添った妻と別居し、やがて離婚へと至るのだが、その最大の理由は、妻といると息がつまり、呼吸が苦しくなるということになっている。愛情が薄れてきたとか、結婚生活への不満とか（それがもちろんあるとしても）を理由にするのではなく、「呼吸困難」という別れる理由としてはいかにも非現実的なものが、かえってこの二つの作品の中では、夫婦間の微妙なずれを表現するのに、奇異なほどに現実感を与えている。

アップダイクにとっては、シリングトンでの生活のすべて、つまり彼の言う「私の考え《マイ・アイディア》」を再構成し、それを虚構の形で創りだしていくことが彼の作家生活の最初の仕事ではなかったろうか。幸運なことに、彼はそれに見事に成功し、華やかに文壇に登場した。彼ならずとも、多くの成功した作家は小説を、特に初期の作品を自らの原体験から形作るものである。そして、ある程度、自己確立の境地に達したとき、作家はもう一度原体験を記憶の中の現実として再構成しようと試みる場合がある。それが自伝であったり、自伝的小説であったりする。シオドア・ドライサーの『あけぼの』や『〈天才〉』はその典型的事例である。自伝はほとんど例外なく作家の少年期へ集中する。そこに最も豊かな「鉱脈」があることを、アップダイクと同じようにすべての作家たちが承知しているからである。

今、「記憶の中の現実」という表現を使ったが、それは多少意図的であったし、また修辞的でもあった。自伝は作家の体験的「鉱脈」から引きだされ、創りだされてくるが、この「鉱脈」は具体的には作家の「記憶の山」であって、そこから様々な記憶が選びだされる。その一つ一つが表面上は「記憶の中の現実」として、作者からも、読者からも意識されている。

だが、果たしてそれでよいのだろうか?

オーストラリアの現代作家で、最近急速に世界的に注目されてきたデイヴィッド・マルーフ（David Malouf）という人がいるが、彼もまた有名な自伝『エドモンドストーン街十二番地』（*12 Edomondstone Street*, 1985）を書いている。彼は一九三四年生れのレバノン系とイギリス系の血の入ったオーストラリア人で、祖父の代にサウス・ブリスベーンに移住し、そこで生まれ、第二次世界大戦前後に少年期を過している。自伝は彼の少年時代の事を書き記しているが、その冒頭の文章を彼は「記憶は私たちに不思議な悪戯をしかける(8)」と始めている。

建て前では、自伝は「記憶の山」から作者によって引きだされた「現実」の数々の記録、つまりノンフィクションであるはずである。そして、読者は作家が誰にせよ（ここではフランクリン、アップダイク、ドライサー、マルーフなどを挙げたが）、自伝を読むとき、作家たちの記憶力の良さと、記憶の鮮やかさに舌を巻く。だが、マルーフは自伝を始めるに当って、率直にそこで語られ、記録される出来事、体験、印象のすべてが「不思議な悪戯」をしかけられて生じた結果のものであることを告白している。「悪戯」と記した原文の“tricks”は妖精が人間にかける魔法による「悪戯」の意味があるように、すべてが現実そのものではない。魔法をかけられた人の眼には、蛙さえ美女に見える。

マルーフはその例として、自分がかつて家族や召使いと共に住んでいたエドモンドストーン街十二番地の家の中を暗闇の中でも今も手探りで自由に歩くことができる、と書いている。家が何度も建てかえられているにもかかわらず、記憶の中ではそれができる。それは、マルーフが記憶のなせる「悪戯」に身をまかせているからである。

彼はまた幼少の頃存命だった祖父の記憶を書いている。これが印象的である。祖父は中東からオーストラリアに自由を求めて移住してきた貴族で、教養があり、同じ国からの移民者たちに尊敬されていたらしい。しかも、彼は話が上手で、彼の語る祖国の物語を聞くために人々が常に彼のまわりに集い、その話にじっと聞き耳をたてていたそうだが、その様子をマルーフは次のように書いている。

人々の輪の端で、ぼくは籐椅子の湾曲した背に顎をのせて、耳をすます。物語の中にすっかり引きこまれて、言葉は何一つわからないのに、祖父の音調だけで、ぼくはほぼ

理解したものだった。(9)

これも記憶の「悪戯」のなせる術《わざ》である。幼かった子供がこれほど鮮やかに覚えているはずもなかろうが、語られている故国の言葉がわからないのに、音調だけで物語を理解し、聞きいるというのも尋常ではない。しかし、文章化されたこの部分は素晴らしい。遠い地に流されてしまったも同然の貴族の老人を中におき、その周囲を故国からの同じ流浪の人々がかこみ、彼の語る話に耳をかたむける。マルーフも書いているが、物語はいつも同じものが繰り返し語られ、人々もそれに毎回同じように反応する。そして、その人々の輪の外で、一人の利発そうな少年が言葉もわからないまま聞きいっている。その憶いが少年をやがて物語作者の道へと駆りたてていく。

記憶は一種の創作である。記憶はその持主の頭の中に長い間埋もれるうちに、様々な想像力の影響を受けて、現実の体験とは違ったものに変質し、やがては物語の素材となる鉱石となる。自伝とは、作者がこれを自らの鉱脈の石である、と宣言して、掘りだし、開陳する作業だが、小説は密かに掘りだした石をさらに加工し、自らのものとせずに、世に示す結果だと言える。自伝は比較的に原石を未加工のまま(いや、読む側が未加工と考えるだけかもしれないが)示すものであるから、いかにも「記憶の中の現実」という見せかけの姿を持つのである。

このように考えれば、作家にとっては自伝と小説はそれほど差があるわけではないように思える。特にアップダイクのように、自分の「記憶の山」という「鉱脈」を使う、と宣言している作家にとっては、加工されているか、いないかの差があっても、原石の質は最初からきまっている。ただ原石そのものは作家の記憶の「悪戯」によって作られている。となれば、優れた作家は「よく作られた記憶《ウエル・ロート・メモリーズ》」を持っていることになる。抜群の記憶力、鮮明にして、精緻な記憶力を優れた作家は持つと考えられているが、（常人と違って記憶力は良いに違いないが）その大半はすでに想像力を加えて自ら作り変えた記憶と考えるべきである。


では、自伝と小説において、作家は同一の体験に由来する記憶の中の現実をどのように具体的に書きわけるのであろうか？

ドライサーは自伝『あけぼの』の中で、独立を目指した彼が十六歳の誕生日を目前にして、シカゴへ旅立つことを決意した日の事を非常に印象的に書いている。しきりに思いとどまらせようとする母親にむかい、彼は「とにかく行かせて。たった三時間の距離の所だし。仕事につけたら、多分母さんに少しでも仕送りができるかもしれない」などと、健気なことを言って、母親を説得している。息子の固い意志にあきらめた母親も「姉さんたちも（シカゴに）いることだし……六ドルあげよう。それに、もしもっといるようだったら、手紙をおくれ。何とかすることができるかもしれないし、帰ってきてもいいのだから」と言って、最愛の息子を送りだす。ドライサーはそそくさと旅支度をし、母親に別れのキスをし、シカゴ行の汽車に乗る。彼は「母にさよならのキスをしたが、あまり悲しい気持ち（"great regret"）も感じなかった[10]」と、彼は記している。

　この記憶から実はドライサーの処女長編となる『シスター・キャリー』の冒頭の数頁、つまり、主人公の田舎娘キャロライン・ミーバーが十八歳の夏の終りにシカゴに向けてウィスコンシン州の町から汽車に乗って希望にもえてシカゴ駅に着くまでの場面が構成される。多少の潤色はなされているが、両者を比較すると、数多くの事実の類似を見いだすことができて興味深い。

　例えば、小説の中での時は一八八九年の八月であるが、キャリーは十八歳となっている。ドライサーは一八八七年の八月に十六歳で旅立っているから、正確に二年おくらせた形をとっている。これは、十六歳の少女では旅立ち、自立としては少し若すぎるため、作者が正確に二年おくらせて、小説での現実感を生みだそうとしたのであろうと推測することができる。また彼女は四ドルの現金とランチを手に持っているが、これは六ドル（この中から当時ウォーソーからシカゴまでの汽車賃一ドル七五セントを払ったとある）を母から貰い、コー

ルド・チキンとアップルパイの入った紙袋を手渡されたドライサーとほぼ同じになってい
る。さらに、ドライサーがシカゴ駅に着き、「汽車から降り立ったとき、まるでぼくはこれ
から世界を征服するぞ」[11]という気構えだったが、キャリーもまた同じ高揚した感情でシカゴ
という大都市を「探検し、やがては制覇しようという漠然としたことを夢のように考えてい
る」[12]騎士《ナイト》にたとえられている。

小説になると、前述した母親との別れのキスをした時の感情も次のように書かれ、より充
実した描写に変ってくる。

……別れに際し、キャリーの頭の中を何か悲しい気持ちがよぎったにせよ、それは今捨
て去ろうとしている懐かしきものへではもちろんなかった。母に別れのキスをされたと
き、涙があふれ、汽車が父の昼間働いている製粉所の傍らを車輪を鳴らして通ったと
き、咽に何かがこみあげ、村の見なれた緑の風景がまるで見送る人のように過ぎ去って
いくとき、思わず溜息が悲しげに洩れはした。しかし、彼女を少女時代と故郷とにわず
かに結びつけていた糸がそれで二度と戻らぬように断ちきられた。[13]（傍点筆者）

小説の書きだしの文章であるから、自伝の中の平易な文章と違って、非常に修辞的となっ

ているが、使う言葉「悲しい気持ち」も同じであり、それを極力感ずることのないようにつとめ、未来を見つめる主人公の意欲に満ちた感情なども自伝と同じである。ただ、まだ純真なキャリーがこの冒頭の章で、旅廻りのセールスマンに話しかけられ、それが後の彼女の運命を左右する劇的展開の伏線となることが、小説と自伝の差と言うべきである。

アップダイクの場合は、ドライサー以上に自伝と小説が共有する場面を数多く指摘することができる。

後にいろいろ書くことになるので、ここでは簡単な例を挙げるにとどめる。『自意識』の第三章で、彼は「呼吸困難」という自分が幼少から抱えてきた問題の事を書いていて、そのきっかけとなった出来事の一つに、幼い頃父と母にプールに連れれて、溺れそうになった体験があった事を記し、それを次のように書いている――

……プールの中では父は立ち泳ぎをしていて、ぼくはその腕の中を目がけて飛びこんだのだが、息のできないぎらぎらと輝く緑色の水の中に沈みこんでしまった。息がつまり、棒切れのように伸びたぼくの身体《からだ》から飾り物のように吹きだす水泡だけが視界の中にあった。ぼくはすぐに引き抜かれるように広々とした素晴らしい大気の中に助けあげられたが、喘ぎ、咳きこみ、肺から水を吐きだした。(14)

この出来事を記憶の中のトラウマとしてアップダイクは後年「私を信じて」（"Trust Me"）という短編小説を書いている。主人公のハロルド（「ウサギ四部作」の主人公ハリーと同じ名前である）は三歳か四歳ぐらいとされていて、初めて父母に連れられてプールに行く。プールの端に立っていた彼は、中で立ち泳ぎをしている父の言葉に促されて、父を信じきって、その広げた両手の中へ飛びこむ―

するとと、青緑《あおみどり》の水が渦を巻き、びっしりと彼を包み混んでしまった。そして、息をしようとしたら、拳《こぶし》が咽《のど》に突きこまれた。眼の前を彼自身が吹きだした水泡が立ちのぼった。しかも、沈んでいく彼のまわりにもたくさんの泡がわきあがっていた。ずいぶん長い間沈んでいたように思えたが、やっと何かが暗くなっていく水の中で彼の存在を見つけ、腕をつかまえてくれた。

再び大気の中に彼はいた。父の肩にかつがれ、そしてまだ喘ぐように息をしていた。二人はプールからあがった。母が走って二人の許へやってきて、怒りに吾を忘れた人の見事な技《わざ》で、父の頰に平手打ちをくらわせた。(15)

自伝の中の文章とこれを比較すると、当然ながら、小説の場合がいかに修辞的になるかがわかる。また同時に、小説にするためには、母親がその場に飛んできて、父親を公衆の面前で平手打ちにする場面が必要である。引用した部分に続くところでは、幼いハロルドの耳にその音が大きく響き、恥辱の感情が長く彼の記憶の中にとどまる。

これは短編であるから、主人公と父母との関係はそれ以上に書きこまれることはないが、「ウサギ四部作」、特に『走れ、ウサギ』の中でのハリーと母親との愛着と反感という微妙な感情を読むためには、非常にドラマチックな挿話となっている。そこでは、ハリーの母親の激しさ、息子への愛と期待の表れではあるが、それがハリーの反感を作りだしているのだが、もしかしたら、このプールサイドでの記憶が彼の中に残したトラウマのためであるかもしれない。彼は母親の腕に抱きかかえられながらも、恥辱を心に秘めたまま成長していったのだろう。

自伝も小説も共に作家の記憶から紡ぎだされるものであるが、その記憶自体が現実の出来事（作家の体験）に何らかの「魔法の悪戯」を仕掛けられていることを、この序章で書いておきたかった。作家の記憶の「鮮明さ」や「緻密さ」はもしかしたらその大半が作家の原体験と想像力の合体であるかもしれない。おまけに、作家にとって（ドライサーの場合も、アップダイクの場合も）、通例は作品が先に書かれ、自伝はそれからかなり年月がたって書かれる。作品の中で原体験をもとに書かれた挿話（出来事）が自伝の中で復元されることもありうる。そうであれば、自伝の中のいわゆる「出来事」にはますます記憶の「悪戯」がしかけられていることになる。だが、記憶の悪戯がしかけられていても、作家はそれを自らの「原体験」として心に持ち続けるのであろう。そして、それをアップダイクが言うように「記憶の山」、原体験の埋もれた「鉱脈」と考えるべきである。アップダイクの場合、その「鉱脈」は自らを含めて平凡なアメリカ人たちの日常の生活だった。父と母と、そして母方の祖父と祖母と共に彼が暮したペンシルヴァニアの田舎町の日々の生活だったのである。

第一章　作家形成の背景

（一）　地理的背景

アップダイクは一九九〇年に「ウサギ四部作」の最終作となる『さようならウサギ』（*Rabbit at Rest*）を出版するが、その年の六月に対談の中で「私が最初にものを書き始めた頃、レディングとシリングトンとバークス郡が私にとってはまさに人生だった。それが私の知っているすべてだった。……私の初期の短編や長編はまったく自意識なしにこの地域についての物語だった」[1]と、述べている。もちろん、「地域について」とは、そこに住む人々、ちょうど一九三〇年代の大不況の時代から第二次世界大戦を経て、戦後に至る時を、多少困惑をしながら、生き抜いてきた普通の人々と彼らの子供たちの生活のことを意味していた。

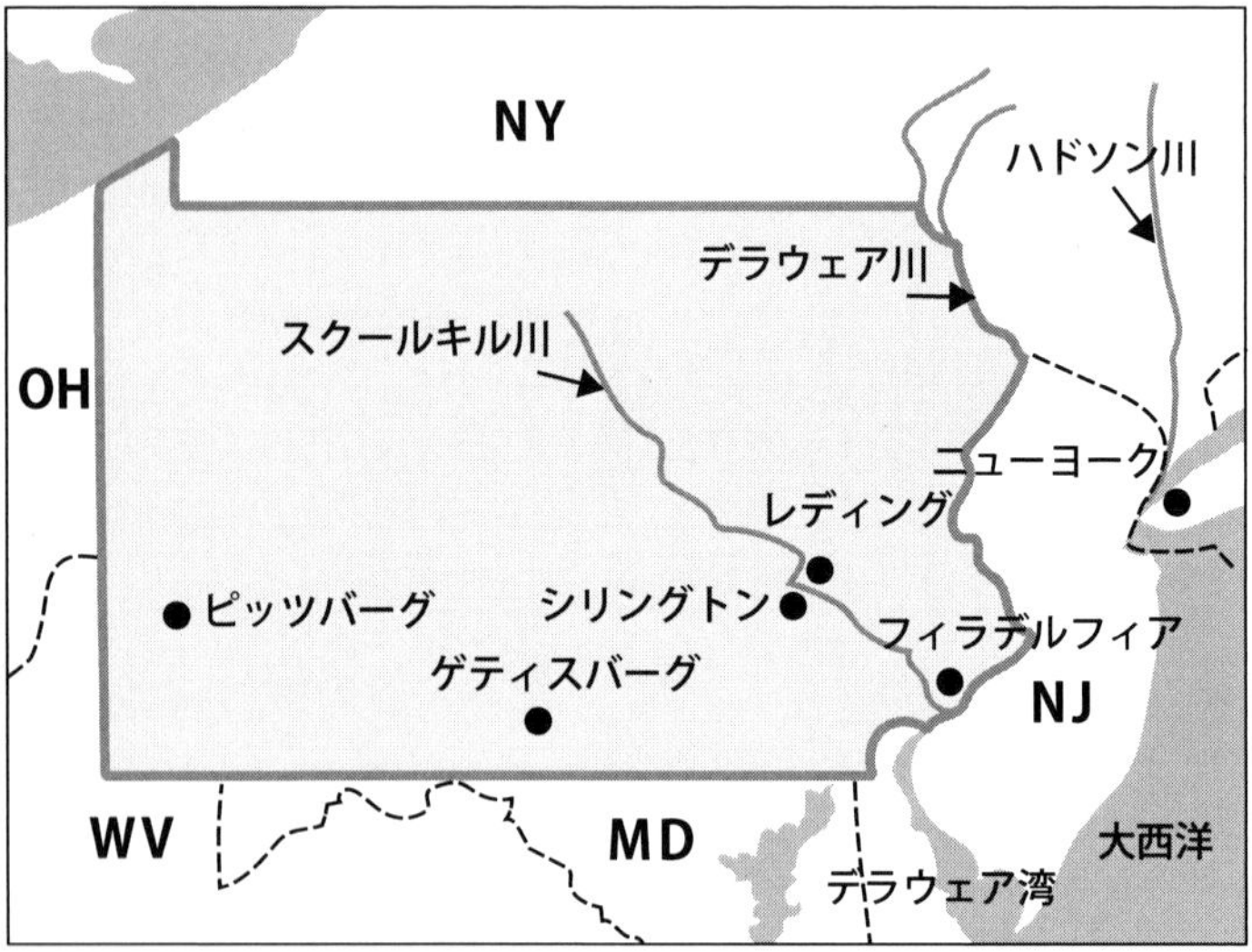

ペンシルヴァニア州の図

　そうであるなら、アップダイクを理解するためには、彼の述べる「地域」――文字どおりの地理・歴史的背景とその住民たち――について多少触れておくことが必要であろう。

　彼の故郷であるペンシルヴァニアはアメリカ北東部のほぼ南端に位置する東西に細長い州であり、地域的・歴史的にも多様な側面を持っている。ウィリアム・ペンの土地としてイギリス人の入植が始まったと一般に知られているが、正確には、十七世紀初頭、オランダ人とスウェーデン人が最初に入植し、原住アメリカ人と毛皮の交易所を設営している。大西洋からデラウェア湾を経て、デラウェア川を遡航するとスクールキル川と合流する地点がある。そこが旧大陸からの入植者にとって格好の地であった。大きな船も容易に入ってくることができ、しかも支流となるスクールキル川を使って内陸へと交通の便を得ることができたからである。

最初にこの地に恒久的居住地を設営したのはヨハン・プリンス（Johan Printz）というスウェーデン人で、彼は現在のチェスター（フィラデルフィアの南にある港町）に近い、デラウェア川のティニカム島にニュー・スウェーデンと称した植民地《コロニー》を形成し、総督（１６４３－５３）になっている。しかし、当時ニュー・アムステルダム（現在のニューヨーク）に本拠地を置き、新大陸の権益を増大させようとしていたオランダに次第に取って代わられ、一六五五年にニュー・スウェーデンは消滅している。また、オランダも一六六四年にイギリスとの戦争に敗れ、ニュー・アムステルダムをはじめ、ニュー・ジャージーなどの権益を失い、この地域へもイギリス人たちが入ってくることとなった。しかし、その数は比較的に少なかったようである。ペンシルヴァニアを北部のマサチューセッツ湾植民地のように大規模で、かつ地域的特質を具えた場所にするには、ウィリアム・ペンの登場を待たなければならなかった。

ペンの父親は海軍提督であり、かつ経済的・政治的な有力者だった。その息子として生れたペンは、若い頃からアイルランドにあった領地の経営に当っている。彼は二十二歳の時にクェーカー教徒となり、以後終生クェーカー主義を信奉し、その指導者として数多くの著作をなした。また、この新しい信条の故に、英国国教拒否《ノン・コンフォーミティ》の罪で、三度にわたって獄に囚われた体験を持っている。この事がのちに彼がフィラデルフィアという新しい都市を構想する際に重要な意味を持つこととなり、ペンシルヴァニアをユニークな土地にする原因を作ったのである。

彼は信仰の自由な地である新大陸への関心を強く持っていて、父のウェスト・ジャージー植民地の経営にも参画していたが、父親の死後（一六七〇年）、その遺産を継承すると、父親がチャールズ二世に貸し与えていた一万六千ポンドの代償として、一八六一年に王に願い出て、デラウェア川以西の土地（現在のペンシルヴァニア州全土の領域）の所有権を手に入れている。そして、その年すぐに自らの代理人を送り、現地の視察に当らせているが、その翌年、一六八二年に自ら多くのクェーカー教徒を引き連れ、二十二艘から成る大船団を組み、新大陸へやってきている。

ウィリアム・ペンの構想は当初から雄大だった。彼は信仰の自由を標榜し、豊かな楽園を志向していた。彼が「緑園の町」（“Green Country Town”[2]）と称した新しい都市の姿は、現代の都市計画者たちが考えるものと似ていた。それは、ロンドンを小規模にしたような、狭く複雑な街路から成る北の植民地を代表する都市ボストンとは大違いだった。彼はデラウェア川とスクールキル川の合流する地点から北の地域にデラウェア川の畔から西へ一直線で伸びる東西の八つの街路を設営し、それらを南北に横切る番号の入った二十五の街路を組み合せ、広大な碁盤の目状の都市を形成させた。新大陸では最初の近代的な都市の形であった。しかも、彼はその中の町や村の構成にも注文をつけたし、建物や敷地にも規定を設け、当初から石と煉瓦造りの建物を入植者が造ることを求め、土地は百エーカー単位で売った。彼は新しい入植地に「兄弟愛《ブラザーリ・ラヴ》」の意味であるフィラデルフィアという名をつけ、同じ信仰を持つクェーカー教徒たちだけでなく、この土地を「寛容なる入植地《トランス・セッツルメント》」と呼び、神を信じさえすれば、いかなる宗教・宗派を問わず、移民者たちを迎えいれた。

この点も北部のマサチューセッツ湾植民地と大きく異なる。北部では入植した清教徒たちは清教徒のみの土地として、他の宗派を「分離派《セパラティスト》」として、極力拒否するか、追放したのである。従って、ペンが開いた「寛容なる入植地」であるフィラデルフィアとその近郊には、大量のクェーカー教徒が移住してきただけではなく、多くのウェールズ人やドイツ人、チェコ人が移民として入ってきた。後になって特にドイツ西部、ライン川流域に居住していた農民たちが集団でやってきた。彼らは新教徒たちで、信仰の自由を求めて新大陸に自由の地を求めた人々だった。

一番最初にやってきたのはメノー派の集団で、一六八三年にフィラデルフィアにジャーマンタウンを形成している。だが、ドイツ西部、ラインランドからの移住が本格的になるのは十八世紀に入ってからである。彼らはデラウェア川以西とスクールキル川流域の広大にして、ゆるやかに起伏する肥沃な土地に続々とやってきた。現在のノーザンプトン郡、リーハイ郡、バークス郡、レバノン郡、ランカスター郡というペンシルヴァニア州東南部にある地域で、彼らはここで農業に従事し、多くが成功を収めた。彼らはすべて新教徒たちだったが、それぞれ独自の宗派（ルター派、改革派、メノー派、モラビア教会派）に属し、独自の生活習慣と伝統を保持し続けた。彼らを総称して「ペンシルヴァニア・ダッチ」と言い、州の独自性を作るもう一つの要因ともなっている。

ジョン・アップダイクが生れ、育ったバークス郡（Berks County）はこのドイツ系農民たちが開いた地域のちょうど中心部にある。そして、彼の故郷の町シリングトンはこの郡の中心的な都市レディング（Reading）の南三マイルほどの地にある郊外住宅地である。スクールキル川に臨むレディングは現在人口八万人弱の小都市で、シリングトンは八千人足らずの人が住むごく平凡な住宅地からなる町である。一七四八年にすでに集落が形成されたレディングは当初はおそらく水利を生かしての農産物の集散地として発展したのであろうが、後に、十九世紀になると煉瓦生産と織物業、そして乳製品業などを主とする産業都市に変貌している。

アップダイクの出世作となった『走れ、ウサギ』におけるブルーワー（Brewer）という地方都市はこのレディングをモデルとしている。主人公のハリー・アングストローム（Harry Angstrom）が愛人のルース（Ruth）を伴って、ジャッジ山（Mt. Judge はレディングの東に実在する Mt. Penn という小高い山をモデルとしている）に登る場面があるが、頂上に着くと、ハリーはそこからブルーワーの町並を見渡して、それを「植木鉢の赤い色に彩られたかすんだ広々とした空間(3)」と表現している。昔から煉瓦の生産で知られたレディングをよく写し出した感慨である。

『自意識』によれば、アップダイクはウェスト・レディングにあった病院で生れたそうだが、生れてから十三歳までを過した家はシリングトンのフィラデルフィア街一一七番地にあった。シリングトンはレディングの中心部から南へ走るランカスター街（Lancaster へ通ずる昔の街道）を行き、二二二五号線（これがフィラデルフィア街で、昔はフィラデルフィアに通ずる街道だった）と交差する地点を中心に広がる住宅地である。この交差点のすぐ近くに学校があり、また、彼の小説に登場する養老院もあった。従って、アップダイクの住んだ家はほぼ町の中心にあったのである(4)。

この家は、実はアップダイクの母方の祖父であるジョン・F・ホイヤー（John Franklin Hoyer, 1863-1953）のもので、アップダイクの両親は一九二五年に結婚しているが、しばらくオハイオ州で暮した後、二七年に転がりこむような形で、ここに同居した。後で書くことになるが、父親の経済的不安定がそうさせた要因であった。ジョン・ホイヤーはペンシルヴァニア・ダッチの典型のような農夫で、ルター派の信者だった。シリングトンの南数マイルにあるプラウヴィル（Plowville はアップダイクの小説では Firetown として登場する）という村に八十エーカーの土地を持ち、農業者としてかなりの成功を収めた人だったが、一九二二年に引退を決意し、すべての土地・資産を処分し、当時は高級住宅街だったシリングトンに白い大きな家を建てて住んだ。

しかし、ホイヤーは二九年の大恐慌によって、老後のためにとっておいた資産をほとんど失い、すっかり貧しくなっている。三〇年代には道路工事の手伝いなどをして、日銭を稼ぐほどになっている。ただ大きな家だけは残っていたので、娘夫婦を同居させたのであろう。一人娘のリンダ・グレイス（Linda Grace, 1904–1989）はホイヤーの景気の良かった時代に育っているので、田舎町では目立つ存在だったようで(5)、その娘時代が忘れられず、結婚してからも、父の農場と家（灰色砂岩造りの建物で、『農場にて』（*Of the Farm*）ほか、アップダイクの短編などでの重要な舞台となっている）を買い戻したいと考え、貯金をしている。そして、ついに一九四五年にそれを買い戻し、その年十月三十一日にシリングトンの家から引っ越している。この事が短編「鳩の羽根」の重要なライトモチーフとなっている。リンダ自身は夫の死後もこの家で暮し、そこで亡くなっている。

このような次第で、シリングトンはアップダイクが生れてから幼年時代、少年時代を過した町であり、思春期から青年期（ハーヴァード大学へ進学するまで）をプラウヴィルで暮し、父が教師をしていたシリングトン高校へ通ったのである。後で記すように、この高校時代の生活が『ケンタウロス』（*The Centaur*）に詳さに再現されることになる。

（二）出自

アップダイクはペンシルヴァニア・ダッチの人々が多いバークス郡の中心に育ったが、実は彼の姓が示すように正確にはドイツ系の出自を持つものではない。『自意識』の中で彼が書いているように、⑥〈アップダイク〉の姓はバークス郡では奇異で、父親が高校教師をしていたため、その奇異な名の故に、少年時代のアップダイクはよくからかわれてもいる。

しかし、アップダイクの家柄は非常に古いもので、代々ニュージャージー州トレントンとその近郊に居住し、農業を営み、過去に神職者や教師を出していたことがわかっている。アップダイク自身、曾祖父母の金婚式にトレントン近郊の一族が集合した時の写真を持っており、それを『自意識』の表紙裏に再製している。それだけでなく、チャールズ・ウィルソン・オップダイクという人が書いた『オップダイク家系図』（Charles Wilson Opdycke, *The*

Op Dyck Genealogy, Albany: Weed, Parsons & Co., 1889）を入手していて、それによっても出自を確かめている。

この書物に、一族集合写真の中心に座っていた曾祖父アーチボールド（Archbald, 1838-1912）とその父のピーター（Peter, 1812-1866）の記述があることから、アップダイクは自分の祖先がルアリス・ヤンセン・オップダイク（Louris Jansen Opdyck）という人物に連なることを知っている。この人は一六五三年以前にオランダのヘルデルラント（Gelderland）から、当時のニュー・ネザーランドへ渡ってきて、オルバニーに居を構え、ロングアイランドに広大な農地を買い求め、農業経営に当っている。

ルアリスは一六六〇年に没しているが、彼には三人の息子がいた。上の二人は消息がわからなくなっているが、一番下のヨハネス（Johannes）というのが成長し、父の土地を継承している。しかし、ニューヨークをはじめ、ロングアイランド一帯がイギリスの支配下となったため、彼は一族を引き連れて、一六九七年に西の新天地トレントンの近郊に二百五十エーカーの土地を入手し、この地で、一七二九年に没するまで、農業と不動産業で産を成している。この人物がニュージャージー州のアップダイク家の祖となり、彼から『オップダイク家系図』の著者も派生している。"Updike" はオランダ姓の "Op Dyck" を英語化した名前であり、ジョン・アップダイクはこのヨハネスからかぞえて八代目に当る。このような次第で、アップダイクはオランダ人の血を引いていることになる。

彼の曾祖父のアーチボールドは農業者として成功し、不動産業も営んでいた。トレントンの北の郊外地ペニングトンに農場を持ち、ペニングトン長老派教会の理事を二十年間もつとめた町の有力者だった。この人の長男がアップダイクの祖父となるハートリー（Hartley, 1860–1912）である。ハートリーは大変に本好きの少年だったそうで、成長し、プリンストン大学へ進み、卒業するとそのままプリンストンの神学部へ入り、さらにニューヨーク市にあるユニオン・セミナリ（一八三六年開校の名門神学校。当初は長老派の神職者養成のためだったが、現在は宗派・性別を問わず、コロンビア大学の一部となっている）へ移り、長老派教会の牧師の資格を得ている。彼は最初にミズーリ州ポプラー・ブラッフという町の教会に行かされ、代理牧師となるが、その折りにヴァージニア・ブラックウッド（Virginia Blackwood）という女性と出会い、一八九一年に結婚している。

その後、ハートリーは中西部の諸州を次々に移り、最後にインディアナ州リヴォニア（Livonia）の牧師をつとめる。この時、一八九六年に長男のアーチボールドが生れている。しかし、不幸なことに、学者的であったハートリーは説教や教区の人々との社交は苦手だったようで、人々から「奥さんの方が良い牧師になる」[7]と陰口を叩かれていた上に、喉を痛め、説教もできなくなって、故郷のトレントンへ帰ってくる。一八九七年のことで、父親の経営していた不動産と保険の事業を手伝うことにし、神職を捨てたのである。そして、トレントンで九八年に長女のメアリー、一九〇〇年にジョン・アップダイクの父となるウェズリー（Wesley）が生れている。

だが、ハートリーは故郷でも不運だった。もともと世俗的な事業には向いていなかったので、晩年には事業も倒産同然となってしまい、おまけに肺炎にかかり、さらには二度、三度と脳卒中をおこし、ついに一九二三年には寝たきりになっている。彼の長男のアーチボールドはプリンストン大を出たなかなかの〈やり手〉（"go-getter"）だったので、没落しかかっているアップダイク家の再起をはかり、ペニングトンの家を処分し、フロリダ州中央部のゾルフォ・スプリングズ（Zolfo Springs）へ移住した。寝たきりの父を含め、まさに一家を引き連れて、新天地を求めたのである。一九二二年の夏のことで、ハートリーはこの年に亡くなり、息子の成功を見ることはなかったが、アーチボールドはオレンジの生産で大成功をし、裕福な事業家となっている。彼はジョン・アップダイクが初期に書いた短編「銀の都に澄んだ目を」（"The Lucid Eye in Silver Town"）に登場するクィンシー伯父さんのモデルとなった。

彼の妹のメアリーと弟のウェズリーも共にフロリダへ行き、二人はそれぞれ教職についたが、またニュージャージーに戻ってきている。才媛のメアリーはニューヨークに出、

『ニュー・リパブリック』誌に勤務し、一時はエドマンド・ウィルソンの秘書をした女《ひと》である。彼女は後に、建築業者である従兄のドン・アップダイクと結婚し、ジョン・アップダイクが成人した頃はコネチカット州グレニッチで裕福に暮していた。彼にゴルフの手ほどきをしたらしく、『ゴルフ・ドリーム』(*Golf Dreams*) の中に登場する「伯母」のモデルとなっている(8)。

さて、ジョンの父親となるウェズリーだが、どうやら三人の中では少々問題児だったようである。頭が悪いというわけではなく、おっとりした夢見る人だったというのが正確なところであるかもしれない。兄を「やり手《ゴー・ゲッター》」と呼び、息子もまた同じような「やり手」と考える父親であった(9)。

彼は兄や姉と異なり、学校の成績がかんばしくなく、高校の卒業が危ぶまれるほどだった。心配した父親は、ニューヨーク州アナンデイル・オン・ハドソン (Annandale-on-Hudson) という小さな町にあった監督派《エピスコパリアン》教会の特殊な学校に入れた。これは後にバード・カレッジ (Bard College) という有名な大学になるいわゆる「自由教育」を主旨とする学校だったが、彼はここではうまく適合し、無事高校教育をおえ、ペンシルヴァニア州南東部にあるアーサイナス大学 (Ursinus College) に進み、科学《サイエンス》を専攻した。アップダイクの母、リンダ・ホイヤーに彼はここで出会っている。

リンダの方は才気煥発で、この大学から名門のコーネル大学の大学院へ進み、当時の女性としては珍らしい哲学修士になる女性だった。ただ、どういう経緯で結婚に至ったのか、まったく不明である。ウェズリーは大学を出ると、兄や姉と共に一九二三年にはフロリダへ行っている。この時点から、一九三四年にシリングトン高校の数学教師になるまでの間の職業経歴については、かなり不確かである。[10] アップダイクの推測と他人からの話によると、二三年から二四年まで、フロリダ州のグリーン・コウヴ・スプリングズ（Green Cove Springs）の高校で校長をつとめていたことがわかっているし、またその翌年はデラウェア州のハリングトン（Harrington）で教えていたこともあるらしい。その後、二五年の八月にリンダと結婚し、オハイオ州にあった石油と天然ガスの採掘場で現場監督をしていたが、花嫁のリンダがシリングトンに逃げ帰ってしまったため、彼も追いかけるようにして、職を辞して、二七年にはホイヤー家に同居する羽目となっている。

妻の実家に転がりこんだウェズリーはしばらくはレディングの幾つかのホテルで事務員《クラーク》などをやるが、たまたま町へ滞在していＡＴ＆Ｔ（アメリカ電信・電話会社）の電柱設営チームの人々と知り合い、彼らに誘われるまま、その一員となっている。ペンシルヴァニアの田舎町を巡り、電柱の設営をして歩いたのだろうが、不況のあおりで、三二年にはその職も失ってしまう。不運と言えば、それまでだが、息子のジョンからすれば、ずい分と社会的に無能な父親と映ったはずである。後に彼が描くことになる『ケンタウロス』（*The Centaur*）の主人公ジョージ・コールドウェル（George Caldwell）にその姿が美事に虚構化されることになる。

ウェズリーは職を失うと、レディングにあるオールブライト大学（Albright College）で教職の単位を取り直し、妻の縁者であるオーヴィル・ベッカー（Orville Becker、町で自動車修理工場を経営しており、教育委員の一人だった。『ケンタウロス』の中のハメル氏のモデルとなった人物）の世話で、シリングトン高校の数学教師の職を得た。ただ、不況の時代のことで、年俸千二百ドル、しかも常に一年ごとの契約だったため、夏休みには義父と共に道路工事の人夫として働いたらしい。

ジョン自身は母親の庇護のおかげで、少年時代あまり貧しさを感じていなかったようで、『自意識』の中でも「私はふつうの少年が必要と感ずるものは何でも―自転車も遊戯用の橇も、野球のグラヴも―持っていたように思えた」と述べているが、しかし、それに対して、ウェズリーはほとんど苦痛に似た叫び声のように「いや、いや、それは違うよ、ジョニー、私たちはひどく貧しかったんだ！」と反論した、と記している。[11]

次の章で、母親とジョン・アップダイクとの関係について改めて述べるが、彼女は息子に貧しさを極力感じさせず、知的に大事に育てようとしたある意味では賢母である。それにひきかえ、父親のウェズリーは現実の貧しさ、社会的に甲斐性のない男としての実体を息子に隠すことなく見せた反面教師だった。しかも、彼の落ち着きのない放浪癖、その好人物ぶり、おせっかいなほどの世話やきの性格は並みのものではなかった。この二人の対照の妙がジョン・アップダイクという作家を形成していく。父親にたえず当惑をしながらも、どこかで愛情を持たざるをえない息子という原型がアップダイクの少年の心に根強く形成されていったのである。

第二章　少年期
―母の存在

（一）　母リンダ・グレイス

アップダイクの父親、ウェズリーは東洋流に言えば一種の諦観を持った人だった。彼は妻の実家にころがりこんだような形で、シリングトンの町からさらにはプラウヴィルの村で暮し、やがて一九七二年に亡くなるが、様々な不満を心の中に秘めていたろうが、外にはそれを激しく表現することはしなかったようである。町の人々とも親しく、誰とでも気軽に話し、生徒たちから敬意は抱かれなかったにしても、親しみを持たれた人だった。彼は義父母との生活も、気性の激しい一風変った妻も、そして田舎の町や村の狭隘な精神もすべて許容する人物だった。

ウェズリーが作家アップダイクにとって反面教師のような存在であったのに比し、直接に、しかもアップダイク少年を言わばこの小さな環境から永遠に飛びたたせ、より大きな世界へと眼をむけさせる役割りを果たそうとしたのが、母親のリンダ・グレイスだった。

彼女はジョン・ホイヤーとバークス郡では古い家柄であったクレイマー家の娘ケイティ(Katie Kramer)との間に一九〇四年に生れ、父親の農場があったプラウヴィルで一人娘としてかなり裕福に育てられた。前章で書いたとおり、才色兼備で一九二二年にノリスタウンの近くにあるアーサイナス大学を卒業すると、名門のコーネル大の大学院へ進み、翌年に哲学修士号を得ている。当時の田舎町では珍らしく知的な女性で、父親の強い反対によって都会へ出ていくことを許されなかったが、常に作家になることを夢見ていた女性だった。彼女がシリングトンの町で孤立した存在であったのも無理のないことかもしれない。

彼女は一九二五年に大学で知りあっていたウェズリーと結婚し、当初は夫の任地であるオハイオ州へついて行き、しばらくそこで暮したが、どのような事情があったのか、父母が新しい家を構えたシリングトンに帰ってきてしまった。二七年にはウェズリーもそこに合流している。彼女は故郷へ戻ると、シリングトンの中学校へ勤めたが、一日教えただけで、生徒たちに腹をたて、家へ逃げ帰り、しばらくは家に引き籠っていたという。我が強く、誇り高い女性であったのであろう。自分の能力を発揮できないまま、かなり抑圧された感情を内に秘めていたようで、それが家庭の中で夫や自分の母親に対ししばしば爆発していたようである。

『自意識』の中で、アップダイクは幼い頃に感じとった激しい気性の母の印象を次のように書いている——

シリングトンの家のことを思いおこすとき、ぼくはいつも床《ゆか》の上に腹這いになって絵を描いているか、本を読んでいるかしているか、あるいはまた食堂のテーブルの下に隠れていたかだった—それはぼくの頭上でとびかう諍い、母の口から放たれるいつもの不満や叱責の言葉から自分を無縁な場に置くためだった。(1)

そして、彼は続けて「母の怒りの投げ矢が自由の女神の冠のとがった剣先のように飛んでいった」と表現しているほどだった。

彼女はアップダイクを三二年の春出産すると、社会的にあまり意欲のないウェズリーを家に残し、しばらくはレディングにあったポマロイズ（Pomeroy's）という百貨店に働きに出、布地類売り場で働いていた。(2) アップダイクが成長し、小学校に通う頃には夫のウェズリーが高校教師の職を得ていたので、彼女は家庭の主婦として家にいたようだ。ただ、小説家になりたいという願望は捨てきれず、常に自分の部屋に籠ってタイプライターを叩いていた。しかし、彼女の期待とは裏腹に送りだした原稿はきまって空しく返送されてきていた。

これは彼女の鬱積した感情をますます強めたはずである。彼女の感情の爆発が家人にむけられたのも無理はないことかもしれない。しかし、彼女はその感情の矛先を息子のアップダイクにむけることはまずしなかった。[3] むしろ逆に彼女は自分と多くの共通点を持つ息子（アップダイクが生涯ひそかに苦にしていた乾癬という病いすら共有していた）に優しい感情を持ち、その才能を早くから認めていて、決して豊かな家庭事情でもなかったのにもかかわらず、息子に不自由な思いをさせなかった。例えばの話、彼女は息子の衣類や靴などを揃えるにしても、必ずレディングの一流店に連れていって買っていたし、映画好きだった息子に週三五セントの小遣いを与え、週に三度は映画を観ることを許していた。[4] また、シリングトンの名家の当主クリント・シリング（Clint Shilling）が画家でもあったことから、彼女はこの人物に頼みこんで、息子に早くから絵を習わせていた。

現在でなら珍らしくもないだろうが、息子の才能を認め、それを大切に育てようとする彼女の意欲は当時の田舎町では少しばかり奇異に映ったはずである。こんなエピソードをアップダイクは書いている。

彼が乾癬という皮膚病に生涯苦しんでいたことはすでに書いたが、小学二年生の時、それを新しく彼のクラスを担任した女教師が見つけ、「まあなにこの子、頭にできてるこれなに？」と言った。幼いアップダイクは同級生の前で身の縮む思いをした。彼は家に帰ると、涙しながら母にそれを話した。すると、彼女の眼は「狂ったように激しく光り、翌朝には矢のようにまっしぐらに学校へ飛んでいき、くだんの教師を徹底的にやりこめた……」[5]という。

彼女の息子への愛情はそれほど激しかった。息子の才能を認め、強い愛情を常に示していたにもかかわらず、彼女は息子が自分と同じように田舎町の小さな世界に閉じこめられてしまわないように常に心がけていたようである。アップダイクはそういう母親の心情をライトモチーフとして「飛翔」（"Flight"）という短編を形成し、その中で少年が広い世界へ飛びたつことを自らその宿命として母親から植えつけられることを描いている。

「飛翔」に登場する少年主人公のアレン（Allen）[6]は、小学校の高学年の頃、母親に連れられて、町を見おろす小高い丘へ登る。そして、その頂上に至ると、母親はアレンに眼下に広がる町を手で示した。

すると、突然母はぼくの頭の髪に指をさし入れ、いつくしむようにその手を置き、こう言った。「ほら見てごらん。私たちはみんなあそこにいるのよ。そして、これからも永久にいることになるんだよ」と。母は「永久に」という言葉を口にするときためらった。そして、また少しためらい、こう続けた。「でも、アレン、あんたは別だよ。あんたはこれから飛びたつんだからね[7]」

小説の中でだけではなく、アップダイクの母親は「飛びたつ」ことができなかった自分の宿命から息子を解き放たなければならないと考えていたようである。「飛翔」という小説はこのような与えられた宿命感を意識する少年がそれに反発しながらも、同時にそれと共に成長してゆく物語である。これについては後でもう少し詳しく述べるつもりである。

（二）　淋しい存在としての母

母親の話に戻ると、アップダイクの現実の母親、リンダ・グレイスが敢然と広い世界に飛びたっていくだけの才能と気概を持っていたかどうかは疑問である。彼女自身は若い頃の願望を直接は父親に、そして間接的には夫のウェズリーのせいで断たれてしまったと考えているが、しかし、もしかしたらどこか心の内では自らの気概のなさ、才能の不足を密かに感じていたのかもしれない。彼女の激しい抑圧的感情はそこからも由来していたのだろう。そのために、才能を認めた息子を自分を超える存在へと高める努力を惜しまず、自分が果たすことのできなかった夢を息子に託す淋しい女性になっていたのかもしれない。息子であるアップダイク少年もそれを密かに感じとっていたふしがある。いや、少なくとも成長し、成功した作家となった彼が自らの原体験を振り返り、母の姿を思いおこすとき、母を冷静に見、そこにとても「悲しい」存在であった女を描出したいと考えている。それが、彼が「美術館と女たち」（"Museum and Women"）[8]に登場させる母親である。

この短編は美術館をこよなく愛したアップダイク[9]が自分の生涯に強い印象を与えた女性たちの事を、美術館を背景にエピソード風に綴った物語である。その最初のエピソードが彼の母親を主人公としていて、しかも小説というより自伝的と言った方がよいくらいに、自分の母親を現実的に描いている。そのために、アップダイクが若かりし母親をどのように見ていたかが、よくわかる。少し長い引用となるが、ここに引用してみよう。

ぼくの母―彼女はこの美術館（レディング美術館のこと）と同じで、ぼくにとっては母としての範疇を満たしてくれていた。他の女性を知らなかったから、総体的にも限定的にも、母と女性の代名詞としてぼくは彼女を受けとっていた。しかし、今になって見れば、母もまた田舎町の女であったことがよくわかる。たしかに、美しいものはたくさん具えていたが、多少それがごちゃまぜになっており、都会から離れていたため、それが歪んでしまっていた。母は不思議なほどに知識と無知、開放性と内向性を併せもつ女だった。

日曜日になると、母は何度もぼくを美術館へ連れていってくれたが、そこでどんな話をしたかというと、ほとんどその記憶がない。ただ一度だけ、（ぼくがいつも見いっている）例の小さな鋳像にぼくが魅いられたように見つめているのに気づくと、母は「この小さな像の人たちはとても悲しそうに見えるわ」と言った。母はちらっとそれらの像に目をやっただけなのに、本当の所を言い当てていた。戦いに敗れたインディアンの像だけが悲し気に見えるのではなかった。……すべての像が悲しい宿命の中にとりこになっているように思え、ぼくは彼らをそこから救いだしてやりたかった[10]。

アップダイクはここでガラスケースの中に並ぶ小さな鋳像の人々と母の存在を重ねてみせている。だからこそ、母は自分の悲しい宿命を息子に負わせることがないように、何度も何度も彼を美術館に連れていき、言葉にこそしなかったが「眼に見えないゴールにむかってぼくを動かし、……美術館のあの廊下のむこうに母自身がとても到達しえない光り輝く場所があることをぼくに示そうとしていた[11]」とアップダイクは感じとっていた。

彼の経歴を知る人には明らかだが、アップダイクは母親の期待したとおり、十八歳の秋、奨学金を得てハーヴァード大学へ入り、故郷の町から旅立ち、ボストンの北ケンブリッジの地で四年を過ごした。学生時代から文才を発揮し、卒業すると奨学金を得てオックスフォード大学に留学し、帰国後は念願の『ニューヨーカー』誌のスタッフライターとして順調に文学の世界に入っている。以後、彼は見事なほどに「光り輝く」場所で生きることとなった。

もちろん、故郷（レディング、シリングトン、プラウヴィル）へは訪問のために、その後もしばしば訪れてはいるが、彼は生涯かけて、生活のために故郷で暮すことなく、一九五五年から二年間ニューヨーク市内に住んだことを除けば、ほとんどボストン近郊に居住し、アメリカを代表する作家として活躍した。言うなれば、見事な「飛翔」を成しとげたことになる。

しかし、彼の母親への思慕と母親の側からの強い愛着を勘案すると、この「飛翔」は決して簡単ではなかったはずである。母親としては、自らの期待の星を簡単に解き放つことは難しかったであろうし、息子の方も、母親の期待を大変な重荷、自分を束縛する象徴と意識し、かえって反逆の道を選ぶことも当然考えられるからである。このような微妙な母と息子の葛藤を短編小説「飛翔」はよく描ききっている。

（三）「飛翔」に描かれた母

アレン・ダウ（Allen Dow）は十七歳の秋、突然に自分を、自身の行動や心象を第三人称で語ることになった。それは、モリー・ビンガマン（Molly Bingaman）という一つ年下の恋人ができ、母に与えられていた自分の宿命を意識してのことだった。「飛翔」はこのような書き出しで始まる。この初期の代表作はアップダイクの得意とする自己体験を厳密に辿りながら、虚構化したものであるが、その前半は、主人公が少年の頃、母から「宿命」として自分の育った田舎町からより大きな世界へと飛びたつという意識を与えられ、その大きな理由として、「飛びたつ」ことができなかった母親自身の半生を語り、母親の願いと息子への期待を描いている。その意味では、この短編の前半は、主人公アレンの物語というより、少年に「宿命」を意識させ、あくまでも母親としての愛着を捨て、少年を解放させなければならない心情を持つに至る母親の物語でもある。しかし、それが後半の、「宿命」を重すぎると感ずる少年主人公の恋愛との対立を鮮明にしてくれる。

後半は、一転し、アレンが成長し、高校四年生《シニア》の秋の出来事を語りながら、息子が期待どおりに小さな環境から飛びたってくれるか、あるいはまた恋人を得て、そのままちいさな存在として埋もれていくのか。後者の場合を恐れる母親、恋人を母から拒絶され、与えられた

「宿命」の意識にさからいたい息子、この両者の心情を後景にして、物語が展開されている。

主人公のアレンは三人の女生徒とチームを組んで、町から百マイルも離れた地にある高校で開催されるディベート競技会に出場するために出発する。この三人のうち二人は彼と同学年で、成績優秀な女性たちだが、残る一人は一学年下のモリーで、美しく女性的、町でも裕福な家庭の娘だった。頭脳の点では他の二人より劣っているように見えるが、アレンは当初からモリーと気が合い、最初の日、一回戦でチームが勝利したことも手伝い、その興奮の余波もあって、彼はその夜のパーティでモリーと親密の度合いを増していく。その上、二人は夜おそくまで語り合い、キスをする仲にまでなる。アレンにとって、初めての本格的な恋となる端緒だった。

しかし、翌日、彼らは二回戦のディベートで敗退する。それも、寝不足のアレンのせいだった。故郷の町の駅に降りたったとき、息子を迎えた母親は直感的に息子とモリーの新しい関係を悟り、彼女を激しく拒否している。彼女はアレンにこう言う——

「……アレン、つまらない女たちとつきあうんじゃないよ。そんなことをしたら、あんたはこの大地にへばりつくことになるんだよ」

「母さん、ぼくは誰ともつきあってなんかいないよ。ほんと、母さんは想像たくましいんだから」
「そうだろうかね。でも、あの娘《こ》、列車から降りてきたときには、顔をつんとあげ、まるでカナリヤでも食べちまったと思ったね。それでさあ、このやせっぽっちのあたしの息子に、可哀そうに鞄まで持たせてだよ。あたしのそばを通りすぎたとき、正直いって、あたしの顔に唾でも吐きかけるんじゃないかと思ったね[12]」

実は、このモリーには実在のモデルがいる。アップダイクは『自意識』の中でノラ（Nora）という名の一学年下の恋人がいたことを明らかにしている[13]。アップダイクはいわゆる本当の意味での初めての恋人はノラで、小説の中のモリーと少し違い、頭も良く、かつ繊細で、彼のことを心から好いてくれていた女性だったと告白している。肉体的な関係までには至らなかったが、高校生同士の愛情関係（当時ネッキングと言っていた）としては、限界に近いところまでノラはアップダイクにゆるしていたようである。彼はノラのことを次のように書いている。

……彼女（ノラ）はこの上なくかぐわしく、巧みで、ぼくの望むままにさせてくれた。だが、ぼくたちの若さと、処女性ということを考えれば、彼女は女性が男性にしてあげ

られる限りのことをしてくれた。(14)

だが、アップダイク自身も、自分を律して、彼女の中にゆったりと沈みこむことをしなかった。というのも、彼が続けて記しているように、「自分にとっての完璧な女性はシリングトンからぼくを引き放してくれる女で、ぼくをそこに引きずりおとす女ではなかった」からである。母親から与えられていた「飛翔」の意識を現実のアップダイクは忠実に守ったわけだが、それを実際に行なうのには自伝で書かれているよりもはるかに複雑な感情があったはずである。だから、虚構としての短編では、アップダイクは自分の分身であるアレンにその複雑な心情を精緻に演じさせなければならなかった。

従って、アレンはモリーへの愛は故郷の町への愛と結びついて、自らの飛翔を阻むものか、あるいは、それは母の自分への所有欲からの解放を象徴するものなのか思い悩んでいる。しかも、母だけでなく、彼の友人たちも、先生方も、そしてモリーの家でも彼とモリーの関係に反対する。だから、モリー自身も、彼へ反発を示す。二人は求めあいながら、仲違いをし、そしてまたより激しく求めあう。思春期の恋物語として、この小説の後半は若い二人をよく書き表している。

だが、飛翔の宿命を負わされているアレンは自分では決定ができない。母親はそのような煮え切らない息子の姿に決断を迫っている。飛びたつカナリヤを呑みこんでしまった満足げな猫と、あの駅頭で表現した母が「思い切って、彼女と結婚するってあたしに言うなら、もうこれ以上いろいろ言わないよ[15]」と言い、「おまえがこういう弱さを見せるとは意外だったね」とつけ加える。

この皮肉な言葉はアレンを激昂させる。自分の初めて恋した女性を拒み、なげやりな言葉で最愛の息子の心を傷つける母は、あくまでも言外に息子にむかって宿命の実行を迫っている。アレンは一瞬、母のその激しさに憎悪をたぎらせ、「わかったよ、母さんの勝ちだ。でも、もうこれっきりだ。母さんの言いなりになるのは」と言うのである[16]。

母親はこれを受けて、メロドラマチックに「さようなら、アレン」と言い、物語は終る。ただ、この言葉には、二つの意味が隠されている。おまえが宿命を実行すれば、それはお祝いの言葉だよ。だが、女と結ばれるなら、それは母の愛と期待をこめたおまえとの訣別だよ、という。

アップダイクの母親とはそういう人だった。厳しさと愛情、強い所有欲（愛着）とそれと相反する解放しなければならないという使命感を具えた女性である。この母親から植えつけられた宿命としての「飛翔」の意識がなかったなら、作家アップダイクの誕生もなかったのかもしれない。

第三章　思春期
――父の存在

（一）　父親ウェズリー

アップダイクは二〇〇九年一月二七日に肺癌のために死去している。一九三二年三月一八日生れだから、七十七歳を間近に控えてのことだった。亡くなった年に最後の短編集として発表されたのが『父の涙』（*My Father's Tears*）で、同名の短編が収められているから、この章を書くのに格好の物語となっている。また同時に、父親を題材にした短編を収めた本で作家生活を閉じたということは、外見ではあまり影響を与えていなかったように思える父親の存在が、実は隠れた部分でアップダイクに大きな意味を持っていたことを暗示しているようで、印象深い。

前章で述べたように、アップダイクは母親に強い影響を受けた作家だが、それだけにまた愛憎二面の感情を母親に対して抱いていたと考えることができる。その点についてはすでに前章でも示唆したが、後に彼が書く自分自身の結婚生活を素材とした幾つかの作品の中でも指摘することができる。

それに反し、父親に対しては、一般に考えられている「父親対息子」という概念とはずいぶん異なる感情—憐憫と愛着—をアップダイクは抱いていたように思える。というのは、父親のウェズリーは好人物であったが、母親とは正反対で、自分自身をいわゆる「ダメ男」"underdog"と認める人で、自らを過小評価し、無能を売り物とし、息子を母親ゆずりの才能を持つ、やがては必ず世に出る人物と考えていたからである。

アップダイクはそのような父親に対して、密かに愛着は持っていただろうが、決して敬意をもって接するということがなかったようである。特に、彼は父親が数学教師として勤める中学・高校で学び、しかも一家がシリングトンからプラウヴィルに引越してからは三年半にわたって父と学校への往復を共にしなければならなかったという事情から、父親の人間としての現実を常に見ざるをえなかった。このため、アップダイクは少年期の多感な時期を通して、権威者としての父親像を自らの心象の中に築くことができなかった。しかし、それがかえって父親を素材として虚構化するとき、小説の中の人物として面白く作りあげることができたのかもしれない。

父親を素材とした短編は初期に発表された「銀の都に澄んだ眼を」（"The Lucid Eye in Silver Town"）以外はあまり書かれていない。初期の名作「鳩の羽根」や「四つの物語」などに傍役として登場してくるだけである。しかし、初期の代表的長編小説で、しかも野心的な実験も試みている『ケンタウロス』（*The Centaur*, 1963）で、アップダイクは正面切って父親をモデルとし、主人公に配し、一九六四年全米図書賞を受けている。後に、彼のいわゆる「ウサギ・シリーズ」の四部作が広く国の内外で知られるようになったため、この『ケンタウロス』があまり人々に読まれなくなっているが、実際は、アップダイクの最高作ではないかとぼくは思っている。この章の後半で、彼が描いた父親像と作品の詳細について述べていくこととする。

アップダイクの父、ウェズリーの経歴については、第一章でかなり詳しく述べたが、ここでは『ケンタウロス』と密接に関わることを簡略に記しておくことにする。

ウェズリーは牧師だった父のハートリーの次男としてニュージャージー州トレントンで生れ、そこで成長している。ただ、晩年に声を失い、不遇だった父親を見て成長したためか、早い時機から人生を悲観的に見る人間となり、社会的な意欲を持つことができなかった。優秀で、父と同様にプリンストン大学に進んだ兄とは大違い、やっとアーサイナス大学を出た後、様々な雑職に就いたが、しまいには妻のリンダの実家があるシリングトンに至り、義父母の許に転がりこむといった男だった。

ウェズリーはシリングトンにくると、一時レディングのホテルのフロントをやったり、電話会社の電柱設営の仕事をしたりしたのだが、レディングにあるオールブライト大学で教職の単位を取り直し、高校教師の資格を取り、リンダの親戚で町の有力者だった人物(『ケンタウロス』ではハメル氏となっている)の世話でシリングトン高校の数学教師となった。ウェズリーは生涯この教師職をつとめるが、当時(一九三〇年代後半から四〇年代まで)、大不況の余波で教師職は一年契約、しかも年俸わずか千二百ドルというものだった。

ウェズリーは数学教師としても、さえない人物だったが、性格が優しく、世話好きで、生徒からあまり尊敬はされなかったが、人気者だった。社会的にも、誰彼なしに親切で、お人好し、そのため教会では役員をつとめ(神を信じない合理的精神の強い人だったにもかかわらず)、町の人々から大いに愛され、そのくせ自己卑下の強い人物だった。しかし、落ちつかない性格でもあり、常に何か動きまわっていなければならないというタイプで、幼年期から少年期にかけてのアップダイクを淋しがらせている。そのためにも、彼が母の存在に強く影響を受けることになったのかもしれない。

このようないわゆる「ダメ男」の父親に比して、アップダイク少年はバークス郡一番の秀才として、シリングトン高では特殊な存在だった。そのため、父親ウェズリーはたえず息子に一目おくという奇妙な親子関係を形成してしまっていた。この奇妙さが実は『ケンタウロス』成功の基盤を成しており、小説的な面白さをかもしだしている。それでいて、この愚直な父は父なりに優れた息子を何とかして広い世界に出したいと考えている。その感情は、息子を田舎町から広い世界へ飛びたたせたいと狂おしいほどに考えていたアップダイクの母親の気持ちと相通ずるものがある。『ケンタウロス』の底流には、父親の愚かしいほどの挫折の数々を述べる表面の物語とは異質の、自らの生命を賭しても息子を世に送りだしたいと願う父の想いが横たわっている。この点については、後でまた述べるが、まずこの現実のウェズリーをアップダイクがどのように他の短編の中で父親を描いていたかを考えてみよう。

(二)　**「父の涙」や他の短編の中の「父」**

アップダイクの遺作のように書かれた短編「父の涙」[1]の冒頭は次のように始まる―

ぼくは父が泣くのを一度だけ見たことがあった。まだ汽車が走っていた昔、オルトン駅でのことだった。ぼくはフィラデルフィアに向かうところで―三〇番街駅に至るわずか一時間ほどの旅―そこからマーケット通り駅に行き、大学のあるボストンまで行く汽車に乗る予定だった。ぼくの心はすでにはやりたっていた。家も両親もぼくにはもう遠い存在となっていて、学問を学び、大きな野心を与えてくれるハーヴァード、それに二年生になってぼくが得たガールフレンドの方が学期が進むにつれ、現実で身近なものになっていたからだった。だから、父が別れぎわにぼくに握手をしたとき、その眼に涙が光っているのを見て、ぼくは驚いた。言うなれば、まさに「肝をつぶす」思いだった。(2)

拙訳で長い引用を示したが、原文はさり気ない、それでいてリズムのある文体で、文章発端の "cry only once" とそれを受ける最後の "my father's eyes glittered with tears" の表現が合致し、しかもそれが小説の最後を締めくくる文章（後で述べるが）と共鳴するように仕組まれていて、見事である。

物語自体は、大学二年次の復活祭《イースター》休暇を故郷で過した主人公がペンシルヴァニアの田舎町の駅頭で両親と別れた後、ボストンにある大学とそこで待つ恋人の許へと戻る汽車の旅から始まっている。そして、デボラというその恋人の話から彼女の父親（この人はユニテリアン派の牧師だが、妻を亡くしてからアルツハイマー病にかかり、最後は老人ホームに入り、亡くなっている）の話へと移り、その人物の対照としてまた自分の父の話へと戻る。

主人公のぼくはこのデボラとやがて結婚するのだが、中年となって二人はどうもうまくいかない。そこで、夫妻で離婚すべきかどうかを確める意味もあって、二人はイタリア旅行をする。（この事は、アップダイク自身の体験をもとにしている。彼は一九六〇年代の後半にも妻のメアリーと今述べたと同じ目的でイタリアに旅をし、それをもとに「ローマでのトゥイン・ベッド[3]」という短編を書いている。）夫婦がローマの宿に着いたとき、母親から父が再度の心臓発作で入院し、危ないかもしれないので、帰ってこれないかと、電話で言われる。二人はすぐさま帰るべく、ローマからロンドンへ飛び、アメリカへ帰る飛行機を待つためにホテルに泊るのだが、そこへ母親から電話があり、父の死を報せてくる。主人公のぼくはすでにベッドに入っていたのだが、母からの電話を切ると、デボラにその事を告げた。すると、彼女は優しくぼくを抱き「泣きなさい」と言ってくれる。しかし、どうしても涙が出てこない。泣けない。なぜなら「父の涙がぼくの涙をすっかり使いつくしてしまっていたからだった[4]」と、物語は終っている。

ここで、小説の冒頭で書かれていた「父の涙」が息子を大学に送りだす際のものにしては尋常ではなかったことの意味が判然とし、冒頭の一文と簡潔に"My father's tears had used up mine.[4]"と締めくくる文章とが共鳴しあう仕組みとなっている。そこには、大袈裟には表現しないが、父親への抑制した主人公の愛情が滲みでている。父と息子は男同士として、強い母親に対する感情を共有していて、遠慮するようにおたがいへの愛情を言葉として表現しない。だから、父の涙は駅頭での別れと、永遠の訣別とをすでに承知していて、それを心から表現したものだった。もちろん、息子としてのアップダイク自身はそういう父を苛立たしく思い、父を批判してしまう。それは、アップダイクが非常に早い時期に書いた短編「銀の都に澄んだ眼を」(5)にすでに書き表わされている。

この短編（エッセイ風短編と言うべき）は、事業で成功している兄がシカゴからニューヨークに仕事でやってくるというので、父親は息子にぜひ兄を会わせておきたいと考え、ペンシルヴァニアの田舎町から日帰りで息子を大都市体験に連れていく物語となっている。これも、アップダイクが少年時代に体験した事実をもとにしている。すでに第一章で述べたように、ウェズリーの兄、アーチボールドはフロリダでオレンジ栽培で成功した事業家で大変な「やり手」（"go-getter"）だった。小説に登場する少年の伯父は彼をモデルとし、少年は十三歳のアップダイク、少年の父親はウェズリーをモデルとしたもので、父親は息子もまた"go-getter"の素質を持つので、ぜひ伯父に会わせておきたいと願っての企てだった。

しかし、物語では、事は父と息子が期待したようには進まない。少年が十三歳ということになっているから、彼をアップダイクの分身とすれば、ちょうど一九四五年のこととなる。第二次世界大戦こそ終っているが、まだ時代は貧しく、父親はニューヨークまでの往復の切符代と、少年が大好きなフェルメールの画集を買うための五ドルを持つだけである。兄はグランド・セントラル駅近くの豪華なホテル（ウォルドフ・アステリアだろうと推測できる）に宿泊しているが、ペンシルヴァニア駅（ニューヨークには二つの駅がある。グランド・セントラルは東四十二丁目、ペンシルヴァニア駅は西三十三丁目にある）に着いた二人を迎える車をよこしていない。そこで余分のお金を持たない二人は十六区画《ブロックス》の道程を歩いて、やっと目的のホテルに着いている。

ホテルでは伯父は二人の客と談笑しているので、お人好しの父親は客に遠慮して、寝室で息子とじっと客の帰りを待ち、後で伯父から笑われてしまう始末。伯父は愛想はよいが、自分の羽振りの良さを見せるためか、二人を有名なナイトクラブへ案内し、その後、少年が求めたいと考えている画集を探すために街へ出る。だが、その折、少年の眼に何か異物が入り、痛みを訴えたため、三人は慌ててホテルへ戻ってくる。父親はハンカチで息子の眼から異物を取り除いてやろうとするが、伯父がそれを制して、ホテルの医者を呼ばせる。

医者が来て、少年の眼から取り除いてくれた物は彼の睫毛でしかなかったのだが、医者は治療代として五ドルを請求し、父親はなけなしの五ドルを払わねばならない。この間、伯父はどこかに消えていて、医者が帰った後、悠然と洗面所から姿を現わす。そして、夕食でも一緒に、と伯父は言うが、二人はその言葉をさえぎって帰途につくが、少年は苛立つ。というのも、父親が医者に払った五ドルのことを悔み、「兄貴が医者を呼んだとき、この私が払わなきゃいかんとわかっていたんだ(6)」と言うからだった。少年はそのような父親をなじり、「どうして伯父さんが払うの？　払うのは当然父さんでしょう」と言う。その言葉に父親はすっかりしょげてしまい、その不甲斐なさを少年は汽車がニューヨークの街を離れるまでなじり続ける。

この父親の姿をアップダイクの父ウェズリーそのものとは言わないが、かなりその実像をとらえていると想像することができる。「父の涙」の一節でも、デボラの父親のことを描きながら、それに比べて自分の父親はまったく違っていたとアップダイクは書き、「ぼくの父はいつもダメ男を演じていた。学校でもどこでも毎日ダメ男を演じ、ぼくが恥ずかしくて見ていられないような事ばかり繰り返す男《ひと》だった(7)」と書いているからである。

(三)　『ケンタウロス』に描かれる父

この「ダメ男」、息子を常に恥ずかしがらせるような行為ばかりする父親の姿と、その存在の意義を丹念に、しかも密やかな愛情をこめて描きだした長編が『ケンタウロス』だった。この長編小説は、物語自体は単純だが、構成や文体は非常に凝った作りとなっていて、アップダイクの数多くの作品の中で最も実験的な小説の形となっている。しかし、作者の意図は、それまで短編の中でしばしば傍役として登場してきた無能な父親の心情と行動をより具体的に描き、父親が将来の可能性を大きく秘めた息子をいかにして世に出すべきかを、そしてその抑制した愛情を示そうというものだった。いわば、アップダイクがいかにも無能に見えていた現実の父に捧げるホーメッジでもあった。

主人公となる中年のダメ男、ジョージ・コールドウェルはオリンガー高校の理科教師。その息子ピーターは十六歳で同じ高校の二年生（四年制の高校。日本の高一に相当する）。二人はオリンガーから数マイル離れた農村に住んでいるため、ジョージの車で一緒に高校に通ってきているのだが、ある一月の中旬、雪のために家に帰ることができなくなり、三日の間、共にオリンガーの町で過す羽目となり、その三日間の体験が物語のプロットとなっている。

ただし、同時に物語はギリシア神話と平行しているので、ジョージはケンタウロス族の一人、賢者で神々の教育に当ったケイローンでもあり、息子のピーターはゼウスによって岩に鎖でつながれたプロメーテウス、校長のジマーマンがゼウスとなっている。そして、第三人称で語られていくジョージ（ケイローン）を主人公とした章の文体は古めかしくされ、神話と現代の現実描写が混交している。その章と交互に提示される章は、語られる事柄の時点より数年後、成人して画家となっているピーターが黒人女性と同棲していて、彼女との寝物語に語られるという形となっている。まず、図式でその構成を示してみる。

章	主人公	時代
Ⅰ	ジョージ（ケイローン）	神話と現代
Ⅱ	ピーター	現代
Ⅲ	ケイローン	神話
Ⅳ	ピーター	現代
Ⅴ	ジョージ	現代（追悼記）
Ⅵ	ピーター（プロメーテウス）	神話と現代
Ⅶ	ジョージ	現代
Ⅷ	ピーター	現代
Ⅸ	ケイローン	神話
終章（エピローグ）		神話

なお、第五章はジョージ・コールドウェルの追悼記（Obituary）となっている。これは故人の葬儀に参列する人のため、故人の経歴や人となりを故人の遺族が記し、通例それをパンフレットにして配布する物である。第五章の時点では、ジョージはまだ故人となっていないのだが、作者は愚行をくり返す主人公のまったく別の面を示すために、ジョージの善き反

面を用意したと思える。と同時に、やがて終末に生ずる彼の死を示唆するためでもあった。アップダイクの作法的工夫を知るために、まず小説の書き出しの部分を示してみる。

コールドウェルは振り返った。そして、振り返ったそのとき、彼は踵に矢を受けた。膝のクラスの者がどっと笑いだした。苦痛がほっそりとした脛の中心部をかけあがり、膝の中で渦を巻き、さらに広がり、雷《いかずち》のように激しくなり、下腹にまで突きささった。彼の眼は思わず上の方、黒板へむく。そこには、宇宙形成からの年月、五十億の数字が書かれていた。クラスの者たちの笑いは最初の驚きを表わす悲鳴の調子から、今では意図的に彼にむけられた野次の調子となって、彼にむかって押し寄せていた。そして、その笑い声は彼が必死に願う自分だけの世界を粉々に打ちくだくように思えた。(8)

ギリシア神話では、神々とケンタウロス族が集うある結婚式の集まりの際、ケンタウロスの一人が花嫁を盗み去ろうとし、その場にいたヘラクレスが彼にむけて毒矢を放つが、その矢が誤ってケンタウロスの賢者ケイローンの踵に突きささってしまう。ケイローンはこの毒矢の永遠の苦しみを背負うことになるが、彼はその苦痛に耐えかねて、ゼウスに自らの不死を返上し、それと引きかえにプロメーテウスの鎖を解いてもらうように乞う。ゼウスは彼の行為と心情を哀れに思い、彼を天に迎え、永遠の星、サギタリウスとする。

アップダイクはこの神話を現代に移し、小説の冒頭を、ジョージが理科《サイエンス》の授業をしている最中に、ふざけた生徒の一人が放った鉄製の矢を踵に受けるという設定としている。彼はすぐさま教室を後にし、学校の隣にあるハメル氏（神話のヘーファイトス）の自動車修理工場に行き、鉄の矢を焼き切り、抜きとってもらう。そして、苦痛を抱えたまま教室に戻る。そこでは校長のジマーマンがすでに生徒たちの騒ぎを静め、ジョージに授業を続行させ、それを今学期の校長の授業参観にすると言う。

このように、第一章は現代と神話時代の二つを混交して語る形となっているから、読者をとまどわせる。現実的《リアリスティック》でない場面は比喩として読まなければいけないし、また文体自体も現代口語になったり、古文調になったりする。一例を挙げてみるが、ジョージは苦痛を抱えたまま校内に戻ってくるが、そこで、体育館のシャワー室から出てきた体育の女教師ヴェラ・ハメル（ハメル氏夫人で、神話のアフロディーテー）を見てしまう。彼女は浮気な女として有名だが、ジョージには好意を持っている。

……その緑色のドアが少し開いて、ヴェラ・ハメルが湯気の中に立つ姿が見えた。水色のタオルを身体に優雅に巻いてはいたが、琥珀色の陰部が水のしずくで白々となっていた。

「まあ、ケイローン兄ではございませんの。サテュロンのような眼差しをされ、なぜわたしを見ておられるの？　神々はあなたには珍らしくはないはず」

「ヴィーナス様」彼は頭《こうべ》をうやうやしくさげて、言う。「あなた様のあまりの美しさに心うたれ、しばし我を忘れ、血のつながりのことなどどこへやら」(9)

と、アップダイクは書く。まさに擬古文である。

しかし、小説の大半はピーターの語りから成っているから、完全に現実的《リアリスティック》な現代文であり、アップダイク特有の緻密な描写による文体で、父と息子の日常的行動が語り出されている。従って、ピーターが語る部分では主人公ジョージ・コールドウェルは踵に矢など受けてはいない。冒頭の章で描かれる鉄製の毒矢はピーターが語りだす部分に登場する父の存在の比喩となっている。読者はジョージの章を読むとき、常に神話を念頭におき、比喩的に読まなければならない。

では、ジョージにとって比喩として示される毒矢が与えた「永遠の苦痛」とは何であろうか？　簡単に言ってしまえば、それは「生き続ける」苦痛である。「ダメ男」を自認しながら、「ダメ男」として生き続けることが彼にとっては苦痛である。アップダイクは自伝の中で、父親が死んでからは、町の人々からとても愛されていたことを知るが、生きているときには、町の人々の「笑い」を誘う対象であったことを記している。[10] ジョージも自己を卑下していて、内心では「ダメ男」の自分を否定し、かえって虚無的な感覚を身につけ、現世の「生」に意味を見出せなくなっていたのかもしれない。だからこそ、彼はいつでも「死」を受けいれてよいと考えるのだろう。

彼は教育に携わる人間であるが、教育というものを信ずることさえできない。神話の中でのケイローンは数々の神々に教え、賢者として知られているのに、現実のジョージは教師が何を話しても、生徒は忘れてしまうものと嘆く。「教えていて気づくことはそれだ。連中はこっちが話すすべての事を忘れてしまう。私は毎日生徒たちのぼんやりとした馬鹿面を眺めているだけ。それは私に「死」を思いおこさせてくれるね[11]」とさえ、心の中で語っている。ひどい話だと思われるかもしれないが、教職の経験を持つ者であれば、この言葉に多少の共感を持つはずである。教師とは、時おりの言動が生徒たちには何らかの示唆になるかもしれないが、それ以上に意味はない。学ぶのは生徒自身であり、彼らの想像力と努力が教育を成立させている。ジョージは自虐的に自らの職の真髄を悟っている人間である。

この自虐的な虚無感を彼は己の父親から得ていた。この父親というのは、前に述べたアップダイクの祖父をモデルとしていると思えるが、神職者であったが、声を失い、不遇で死の床についている。ジョージはこう語っている。

……おやじはいよいよ駄目とわかっていたんだろうな。横たわっていたベッドの上で眼を開けて、母とアルマ（姉のこと）と私を見て言ったんだ。「わたしは永遠に忘れ去られてしまうのだろうかね？」と。いつもその言葉が忘れられんよ。永遠に忘れ去られる。ひどい言い種《ぐさ》じゃないか。牧師が口にするには、私はその言葉に肝をつぶしたよ。おそろしくさえなったね(12)」

たしかに、永遠の生を説くべき神職者が「死」を息子に「永遠に忘れ去られるもの」と示唆して言ったことは強い衝撃を与えたに違いない。それがトラウマのように彼の心に根ざし、生きること、そしてそれに伴う所業の空しさを教え、自分のような男は当然のように死んでしまえば人々から「永遠に忘れ去られる」存在と考えたのであろう。

ジョージが卑屈なほどに他人に親切にするのは、この彼の「生と死」の意識のためであろう。「ダメ男」を自認する彼は、自らの存在が無意味であると意識するからこそ、他者に親切にすること、他者のために「生きる」ことに多少の意義を求める。この考え方は、アップダイクの出世作とされている『走れ、ウサギ』に登場する牧師イクレスの心情とよく似かよっている。イクレスは代々名門の神職者の家に生れたから、職業として牧師になった男である。真に神を信じ、帰依して神職についたわけではない。現代の知的な青年として神の存在さえ信ずることができない男であるが、誠実な彼は、自らの「不信」の埋め合わせをするかのように教区の人々や共同社会の人々に必要以上につくし、彼らを援けようとしている。

ジョージも同じである。彼もまた必要以上に他者に気を遣い、優しく途方もなく親切である。出来の悪い女生徒にテストの問題をほぼ教えてしまったり、間抜けな水泳選手のディーフェンドーフに執拗なほど称賛の言葉を与える。学校へ行く途中、車に同乗させてやるヒッチハイクの浮浪者に愛想を振りまき、時間に遅れるのは承知で、彼を目的地まで連れていってやったりする。彼のこのような行為は数多く語られるが、そのことごとくが息子ピーターを当惑させ、苛立たせる。

小説の物語は、一月の中旬、月曜日の朝ジョージがピーターを車に乗せて学校へむかうところから始まり、三日後にやっとのことで二人が家に辿りつくまでの行動を描いている。その三日間は、ジョージの不運と愚行の連続で彼の「ダメ男」ぶりが発揮されるが、それらがピーターの見たままに語り出される。

学校では、ジョージは生徒たちを統制できず授業をうまく進めることができずに、苦痛だけを感じ、校長の顔ばかりうかがう始末。その日の夜は、彼が部長をつとめる水泳部とウェスト・オルトン校との試合が行なわれ、惨敗する。ピーターを伴って家に帰ろうとするが、寒さのためか、彼の車のエンジンがスタートしない。弱り果てた二人は金がないのにオルトンの町のホテルに泊り、ジョージは空小切手を切らざるをえない始末である。翌朝、彼はハメル氏に頼んで、車を工場に運んでもらい、修理をしてもらうのだが、その夜は雪が降りだし、おまけに恒例のバスケットボールの試合で、チケットの管理をしているジョージは最後まで残らなければならない。試合には敗退して、二人は車で雪道を帰るのだが、途中の坂道をひどい雪のため、車は登り切ることができない。しかも、車はどんどんと雪の中に埋もれてしまう。二人は町まで雪の中を歩き、ハメル氏の家にころがりこみ、一夜を過させてもらう。そして翌日は雪のため、学校は休みとなり、ハメル氏のおかげで車を雪の中から掘りだしてもらい、かろうじて家へ帰りつくのである。

ジョージは言う。「こういう事が私には生涯おこり続けてきたんだ。おまえを巻きこんで本当にすまない[13]」と。

ピーターは困惑する。彼は父の不運と他者へのお節介にも似た行為に苛立つ。しかも、ピーターには彼自身思春期の少年の問題を抱えこんでいる。第一に肉体的に彼は乾癬と吃音癖という問題を抱え、第二には、母から強制的に与えられている将来への「飛翔」の意欲を心に秘めている。彼はこの二つの問題の呪縛から解き放たれなければならない。

比喩としては、短い終章《エピローグ》で示されるようにケイローンは永遠の苦痛に耐えかねて、ゼウスに死を願い、その代償にプロメーテウスの解放を求める。そして、ゼウスは長年の友ケイローンを愛していたので、その願いを聞きいれて、彼を天上に迎える。しかし、これは比喩であって、現実、つまり現代に生きるジョージが自ら死を選ぶわけではない。彼は自ら「死」と考えていた教職と日常の日々を生き続け、息子ピーターを己の不運続きの小さな世界から解き放たなければならない。それが比喩的な彼の「死」であり、ゼウスに願った代償としてのピーターの解放であったのだろう。

現実のアップダイクの父親は息子がハーヴァード大学へ進学した後も生き続け、シリングトン高校や町の一種の人気者となっている。一九六〇年代に一度心臓発作をおこし、病院に入るが、その後回復し、一九七二年に再び発作をおこし、亡くなっている。その事とは「父の涙」で描かれているとおりである。

ピーターを思春期に抱えていた問題から自らの比喩的な「死」を代償にして解放するというこの物語を読むと、そこには「ダメ男」として父を詳細に描きながらも、作家としての冷静さと客観性、そして同時に父へむけた密かな愛着を感じとることができる。「父の涙」でハーヴァード大学と恋人の許へ帰ろうと、気のはやる主人公に父が別れの握手をして流す涙は、この『ケンタウロス』のジョージの涙でもある。それは悲しみというより、むしろピーターの解放が完成したことを実感して流す感激の涙であるように思える。自らの「死」と考えた「生」の意義が多少でも稔ったことを目のあたりにした満ち足りた想いの涙でさえあるかもしれない。

第四章　青年期（一）
―求愛《コーティング》の季節

（一）　少年時代の女友達《ガールフレンド》

前章で「父と息子」という観点から短編の「父の涙」、さらに六〇年代の代表作であった長編『ケンタウロス』について述べたし、また第二章で「母と息子」という観点から論を進めた中で、少年主人公の女友達たちの話をすでに語ってきた。特に「飛翔」に登場するモリー・ビンガマンは実在のアップダイクの女友達をモデルとした重要な存在だった。この章では、その女友達を含めて、アップダイクが少年時代から青年期にかけて実際に関わりを持つことになった女性たちを主人公として虚構化した小説について述べながら、彼が結婚に至るまでの事柄を、彼の自伝とぼくの推測をまじえながら述べていくことにする。

アップダイクは少年時代から学業成績の優秀な人であったが、異性への関心、それも性的関心が強かった。『ケンタウロス』の中で主人公のピーターを（その心を）鎖で縛りつけているものは、田舎町という環境だけではなく、自分の体じゅうにできている乾癬と吃音癖というものとあったが、この肉体的な二つの欠点は女友達を持つには最悪のものとして、少年を内向的にしていた。

もちろん、現実のアップダイクは虚構のピーターほど内向的で、孤独な少年ではなかったと思われる。背は高く、ハンサムで（成人した若き作家として本のジャケットに載っている彼は美青年である）、しかも高校時代の学業成績は郡《カウンティ》一番、卒業の際には学生総代をつとめ、「飛翔」の中で書かれているように「討論チーム」の主将として他校と試合にも出ている。自意識こそ強い少年ではあったろうが、現実のアップダイクはシリングトンという田舎町では有名人だったに違いない。後で述べることになる短編「エリザンヌと歩く」（"The Walk with Elizanne"）の中で書かれているように、アップダイク自身がよく遊びにいっていたメイミーという級友の母親が口にしていた言葉"David will go places."「デイヴィッドは必ず出世するよ」のとおり、町では人々から彼は将来必ず成功する人物と考えられていた。彼が少年時代に女友達を対象にして抱いていた劣等感はある意味で彼を作家に仕立てるための強い自意識となっていた、と考える方がよさそうである。

何しろ、アップダイクの少年期から青年期への経歴を考えると、彼は優秀すぎ、恵まれすぎている。高校をトップで卒業し、奨学金つきでハーヴァード大学に迎えられ、優等で卒業し、すぐさまオックスフォード大学へノックス奨学金とフルブライト奨学金を受けて新婦と共に留学している。大学の三年次をおえた時点で結婚し、ハーヴァード大学の伝統ある文芸誌『ランプーン』（*Lampoon*）の寄稿者となり、編集長にもなった。オックスフォードの留学から帰国すると、すぐさま『ニューヨーカー』誌の専属作家《スタッフライター》となり、有名なコラム「街の話題」（"The Talk of the Town"）を担当し、そのかたわら、同誌に詩や短編小説を発表し始めている。そのため、ノーマン・メイラーが『エスクワイヤー』誌[1]で同時代作家を論じたとき、アップダイクを評し、「文壇の大通りをサイレンを鳴らしバイクで先導する『ニューヨーク・タイムズ書評』誌の後からキャディラックの『ニューヨーカー』誌に詩神のごとく収まって、名声をあげた若き作家」と皮肉に述べたほどだった。

だからこそ、彼には少年時代に強く意識したに違いない「劣等感」がより必要だったと思える。劣等感を意識することにより、世間の眼が見る優等生とは異なる人間（少年）のもう一つの生活、自らの特異な世界（祖父母と両親と古い石造りの農家での暮し、無能で人々の笑い者の父、優れた才能を持っていたが、田舎で周辺の女たちから孤立し、激しい気性の母に守られた世界）を冷静に見つめる眼を密かに養っていたに違いない。後に作家としての彼がシリングトンとそこに生きる人々の生活を自らの作家生活の「鉱脈」と考えた理由も、その作られた「劣等感」に彩られた視点があってのことと、推測できる。

もう一つ、アップダイクが作家として大成した理由がある。それは彼が一九五五年からつとめた『ニューヨーカー』誌の専属作家《スタッフライター》の職をわずか二年で辞め、ニューヨークを離れ、ボストンの北およそ二〇マイルの地にあるイップスイッチという海浜の地に住み、作家生活に専念したことである。まだ、本格的長編も出ておらず、短編作家として認められてきていたものの、これは自ら背水の陣をしいたようなものである。当時、そして現在も、若い作家たちはこぞって何らかの大学に求められて「居住作家」（"Writer-in-Residence"）の地位を得て、生活の安定を考えるのであるが、アップダイクは生涯大学に所属することなく、自らの筆一本で書き続けた。

少し余談となったが、本題に戻れば、彼が少年時代に女性に対して意識していた欠点（乾癬と吃音癖）を少しも彼に感じさせることのなかった少女が彼の高校四年生のときに出現している。これが小説の中ではモリー・ビンガマンとして登場している。

モリーは「飛翔」の中では、少し知性味のない女性、少年主人公の母親からは皮肉な眼で見られる人物として登場するが、「エリザンヌと歩く」の中でも、主人公の記憶の中に登場してきて、懐しい女性となっている。そこでは、「やがてまもなく彼は最初の、本当の意味でのガールフレンドを持つことになった。一学年下の子で、彼に自分の乳房を愛撫させてくれ、そして駐めた車の中でほとんど裸同然、魚のように滑らかな姿を見せてくれた(2)」と、書かれている。（この女性が自伝の中で描かれるノラ、「飛翔」の中のモリーと同じであることは容易に推測できる。）

だが、この「エリザンヌと歩く」という短編から推測すると、同級生のエリザンヌという女性もまた彼の女友達の一人だったとも推測できる。彼らは共に一九五〇年にシリングトン高校を卒業している。小説はその五〇年後、つまり二〇〇〇年に故郷で同期会を開くことになり、それを背景に小説が展開されるということになっている。

主人公の語り手はデイヴィッド・カーン（これはアップダイクが自らをモデルとして小説に登場させるときの名前）という有名な作家で、二度目の妻アンドレアを伴って、この五〇周年同期会に出席するため、ボストンからペンシルヴァニア州の故郷の町へやってくる。物語の前半では、メイミー・コーフマンという同級生で、小学校の教師をしていた女性が今は末期の癌で入院しているのを夫妻で見舞うことが語られる。メイミーは主人公の幼い頃からの友人で、特にその母親のコーフマン夫人がデイヴィッドを可愛がってくれていて、彼の父親が授業をおえるまで家に置いてくれた女性である。ちなみに、メイミーとは仲が良かったが、デイヴィッドの女友達ではなく、彼女は初期の短編「ぼくの最高の幸せ(3)」の中でジェーン・コーフマンという名の同級生として登場し、別の男友達を持っている。

彼女を見舞った後、デイヴィッドは妻を伴い、同期会のパーティに出、懐かしいが、すっかり変ったかつてのクラスメイトとその伴侶たちと談笑する。そこへ会の幹事をつとめるセアラという女性が一人の素敵な女性を連れてきて、デイヴィッドに引き合わせる。「素敵な装いをした女で、黒い瞳に、それに良く似合う黒い髪。短くととのえたその髪に品良く白いものがまじった女[4]」。そして、セアラは「この人、誰だかわかる?」と訊ねる。デイヴィッドはすぐには思いだせないが、やがて彼女の名前、田舎町では非常にしゃれた名前「エリザンヌ」が口から出てくる。だが、彼はまだはっきりと思いだすことができず、ただ「彼女はクラスの中でそれほど目立つ女性ではなかったのに、今は年齢《とし》をとってかえって誰よりも美しくなっていた。身につけているドレスも緑青色の絹で、地味な色合いながら高価なもので、いかにも上流の郊外族風だった[5]」。明らかにこの五〇年の空白の間に、彼女がすっかり成功しているのがよくわかる装いだった。彼女の主人というのも立派な男で、二人はお似合いのカップルだった。会が終りに近づいた頃、それぞれの連れ合いが他の人々の間にまぎれこんでいるとき、エリザンヌが再びデイヴィッドのそばにやってくる。そうして、こう告白する。

「デイヴィッド、わたし長い間いつかあなたに言っておきたいと思っていたことがあるのよ。あなたがわたしにとってとても大切な人だったということ。だって、初めてわたしを家まで歩いて送ってくれ―そして、わたしにキスしてくれた人でしたのよ[6]」と。

デイヴィッドは良くは思いだせないのだが、「歩いて送っていったのを憶えているよ」と、その場は答える。やがてパーティの後、ホテルに戻り、ベッドで妻のアンドレアの隣に横たわっているとき、次第にエリザンヌとのことがはっきりと記憶に甦ってくる。たしかに、デイヴィッドは恋に近い感情を抱きながら、エリザンヌにキスをし、あたたかい感情を持った。だが、彼女の裕福な家と環境に気おされてしまい、それ以上彼女に近づくことができなかった。彼女もまた地味な育ちの良い女性が初めてのキスを体験してから、自信をえたのか、少し派手となり、他のクラスメートたちと交際することになり、デイヴィッドから自然に離れていってしまったのである。しかし、最初の大人びたキスの思い出をしっかりとデイヴィッドは記憶の中で取り戻して、小説は終っている。

一九五〇年代の高校生たちの間では「ネッキング」（"necking"）という言葉と行為が大はやりだった。具体的な性行為までに至らなくても、その寸前にまで及ぶ行為を少年少女たちは実践していた。まだセックス大解放という時代ではなく、厳しい宗教的保守主義のもと、いわゆる"decency"と"respectability"が家庭で重要視されていた時代に、十代の少年少女たちがすでに性的解放を求めていた遊びというべきだった。

エリザンヌのことを書いたこの作品の中で、すでに述べたようにデイヴィッドは彼女とのキスの後、一学年下の女性を「真の意味での女友達」にしたことを記している。これは、第二章で「飛翔」について書いたときに指摘したように、実際のアップダイクの高校四年生のときの女友達をモデルとしたモリーのことである。彼の自伝『自意識』の中で、その女性についてアップダイクはこう述べている。

ぼくは（少年時代に）しょっちゅう恋をしていたが、高校四年まではいわゆる本当の意味での女友達《ガールフレンド》というものを持っていなかった。彼女はノラという名の三年生の女子だった。ぼくの唯一の女友達だったが、彼女だけで充分だった—感受性も強く、素敵な身体《からだ》をしていて、ぼくのことを心から好いてくれていた。(7)

ただ、自伝ではあるけれど、ノラというのは実名ではないだろう。この女性のことは第二章で「飛翔」を論じた際に詳しく書いたので、ここでは省くが、その後町から引越してしまい、アップダイクはその後再会することはなかった、と記している。そして、また彼はこのノラに溺れこんでしまうことを意識的に拒んでいる。自伝の中でも、彼女のことを書いた後、「ぼくにとっての完璧な女性はシリングトンから連れだしてくれる女《ひと》で、ぼくをそこに引きずりこむ女性ではなかった(8)」、と記している。

（二）「ぼくにとっての完璧な女性」

アップダイクは一九五〇年の秋、ハーヴァード大学に進学し、学寮生活を始めている。この一年生の学生時代のことは「キリスト教徒のルームメイトたち」（"The Christian Roommates"）に書かれている。この短編は直接自分の分身を主人公に選ばず、サウス・ダコタ州出身の医学専攻を志望する架空のジーグラーという青年を主人公としているが、学業の厳しさや、同じ寮の優秀な学生たちとその生活ぶりなど、アップダイクが体験したことを素材としている。ハーヴァードでは一年次の秋学期、勉学と課題が非常に厳しく、学生たちの優秀さが問われる期間であり、この短編でも何人かが次々に脱落していく姿も描かれている。（ハーヴァードでは、一時期この小説を新入生のオリエンテーションに読ませたことがある、とアップダイクは後に述べている(9)。）面白いことにこの小説では、アップダイクは自分のことをデイヴィッド・カーンというペンシルヴァニアの田舎町出身の皮肉屋で、他の学生たちから超然としている神経質な作家志望の青年として登場させている。常に優等生だった彼が自らを他の優れた学生たちの間におき、客観的に見た姿だと考えると、貴重な資料である。

このアップダイク青年が自分にとっての「完璧な女性」を見出したのは、推測からして二年次の晩秋から初冬にかけての頃だったと考えることができる。この女性が彼の最初の妻となるメアリー・ペニングトン（Mary Pennington）である。彼女は自伝の中で書かれているノラや短編に登場するモリーとは大違い。非常に知的で、かつ気性の強い二歳年上の女性だった。メアリーはシカゴ第一ユニテリアン教会の牧師をつとめていたレスリー・ペニングトンの長女として生まれ、シカゴで成長し、シカゴ大学付属高校からケンブリッジにある私立名門校のバッキンガム校を経て、ラドクリフ大学に進学している。

父親のペニングトン牧師はもともとヴァーモント州のクェーカー教徒の家に生れ育った人であったが、非常にリベラルな物の考え方をし、自然を愛した宗教家だった。ただ、妻を早くに亡くし、自身晩年にアルツハイマー型認知症となり、老人施設で亡くなっている。この事は「父の涙」の中で、アップダイク自身の父親と対照的な存在として詳しく描かれている。

メアリーはラドクリフ大学で学んでいた頃、三年次の秋学期に美術史のクラスでアップダイクと出会っている。（当時、ラドクリフは女子のみ、ハーヴァードは男子のみの大学だったが、兄妹校で共通に授業を受けることができた）。彼女は一九五二年に卒業し、その翌年六月にアップダイクと結婚している。彼女は卒業してからしばらくは私立高校で美術を教えていたが、アップダイクが一九五四年に大学を卒業し、オックスフォードに留学することとなり、彼女も同行し、自分もオックスフォード大学のラスキン校で絵画を学び直している。この時、最初の子、エリザベスを出産している。後の章（アップダイクの結婚生活）で述べるが、この出産時のことを題材として、アップダイクは「死に瀕した猫」（"A Dying Cat"）を書いている。メアリーはアップダイクの母親とはあまりうまくいかなかった。また、夫のアップダイクとも、たがいに嫌いではなかったのに、次第に夫婦生活にきしみが出てきて、共により良い生活をと考えて、一九七四年に別居し、七六年に正式に離婚した。離婚後、メアリーは『アトランティック・マンスリー』誌の第一査読者の職につき、さらにマサチューセッツ芸術大学でデザインと絵画を学び直し、風景画家としても活躍した。そして、一九八二年にロバート・ウェザーオールというマサチューセッツ工大の人事局長をしている男性と再婚し、イップスイッチの家に住んでいる[10]。

アップダイクがこのメアリーと出会うのは彼が二年生の秋、「中世美術史」の授業を受けたときである。二つの短編小説（「美術館と女たち」と「ぼくの最高の幸せ」）の中にそのことが描かれている。ただし、後者の中では言及されているだけだが、主人公の「ぼく」がシカゴで待つ女友達の許に期待をこめて友人の車に乗せてもらい出発するという物語の中で少し書かれている。その女性は美術史のクラスでいつも一番前の席に座っている知的な美女となっていて、「ぼくが申しこめば、いつでも結婚してくれる女性」[11]と書かれている。

メアリーとの出会いと、その後の求愛を素材とした短編は一九六七年に『ニューヨーカー』誌に発表された「美術館と女たち」で、そこに二人の恋が詳細に語られている。この短編についてはすでに述べたことがあるが、アップダイクの生涯に影響を強く与えたと思われる女性たち（母親、最初の妻、そして後の愛人たち）を主題とした四つの挿話から成り立っている。

第二の物語がメアリーと推測できる女子学生を主人公としたもので、その冒頭をアップダイクは次のように描いている──

後にぼくの妻になる女性はぼくがあがっていく美術館の石段の一番上に立っていた。肌を刺すほどに寒く、積った雪が石のようにかたまるほどなのに、彼女は小さな足指が突きでている古ぼけたスニーカーをはいていた。そして、彼女は煙草をすっていた。[12]

そして、次に続く会話から二人がこの美術館（これはハーヴァード大の構内にある美術館）で初めて言葉をかわしたことがわかる。二人は共に「中世美術史」のクラスに出ていて、主人公のぼく、デイヴィッドは後列の目立たない列に座り、彼女はいつも最前列に座っていた。（この描写からも、すでに述べた「ぼくの最高の幸せ」の中の描写と一致することから、それが作者自身の体験からであろうと推測できる）。

また、主人公の女性（メアリーをモデルとしたのであろうが）が外見の装いなど気にもかけず、しかも知性が言葉のはしばしからほとばしり出ていることがわかる。時はおそらく秋学期の終り頃で、ケンブリッジでは非常に寒い時期であるのに、冬になると女性は普通はブーツをはくが、彼女は破れたスニーカーをはき、しかもその先から足指が出ている。それを見て、主人公はとても可愛らしい指と考え、こう書いている—

……ぼくはその指先にそっと触れ、撫でてあげたいと思った。この女性、大学の美術館の申し子のような白い女性にはぼくをぐいぐいと引きつけるものがあった。彼女には無垢な悲しげな空白感が具わっており、ぼくはそこに自分の名前を刻印のように記しておかなければいけないと感じた。[13]

初めての出会いなのに、主人公は女性の後について美術館を巡りはじめ、彼女の美術への知識の豊かさに驚き、様々な美術品を背景として共に会話を楽しむ。その後も二人はデイトを重ね、二人して歩き、よく美術館を巡る。一度はボストン美術館まで出かけてゆき、そこでよく話をする。主人公は小さい頃から吃音癖があり、女性とは普通はうまく話せないのに、この女性と一緒だと、いくらでも話すことができ、彼女が聞き役となってくれる。アップダイクはその様子を実にうまく、次のように書いてくれる――

……ぼくたちはたえず歩いた。一時はぼくたちが一緒にいることができる唯一の隠れ家は美術館となっていた。ぼくの求愛も少しずつ進んでいた。ぼくたちはまじめによく話した。子供の頃、ぼくは無口で、気が弱く、悪い予感にばかり悩まされてきていたのに、彼女と話す時は話したいことがいっぱいあった。彼女は聞き役だった。彼女はまるで花瓶をいっぱい置いてある部屋だった。中へ入ると、あたりに漂う静かなぼんやりとした期待を感じとることができ、ぼく自身についての感覚が突然とぎすまされたようになる。(14)

この女性こそ主人公のぼく（デイヴィッド）にとっての格好の存在だった。受容し、かつ批判的。後にアップダイクが対談集の中で述べているように、メアリーは彼の書く作品の最初の読者で、かつ最高の読者として常に適切な批評をしたという。事実、彼女の経歴を述べた時に記したように、アップダイクと離婚した後、彼女は『アトランティック・マンスリー』誌の第一査読者の職についているほど有能だった。

この短い作品に描出されている女性から推測できるように、彼女はアップダイクの高校時代の女友達（ノラ）とはずいぶん異なっている。背が高く、大変な美女だったようだが、年上でもあったせいか、冷静で、男友達に溺れることがない。だが、二人は強い共感を抱いたようである。それは「ぼくの最高の幸せ」で書かれているように、一九五二年の大晦日から正月にかけて、アップダイクがシカゴの彼女の家に招かれていることからもわかる。一九五三年の四月、復活祭の休暇をおえた折には、アップダイクの完全な恋人となっており、ペンシルヴァニアから戻ってきた彼をボストンのバックベイ駅で待つ女性となっている。主人公のぼく（デイヴィッド）はプラットフォームでその女性に抱擁される―

……女の子に―いや女に―グレイのコート、キャンバス製のテニスシューズをはき、ポニーテイルの髪をした女にぼくは抱かれる。(14)

と、アップダイクは書くのである。彼女こそ彼をシリングトンの田舎町から広い世界へ連れだしてくれる「完璧な女性」と彼は感じたはずである。

二人は結婚前にアップダイクの実家を訪れているが、その際、彼女とアップダイクの母親との間で、微妙な対立があったことが「父の涙」の中で書かれている。そのことを含め、二人の結婚生活から生れた数多くの物語については次章にゆずることとするが、二人はこのすぐ後、つまり一九五三年六月、結婚する。ケンブリッジ市役所で、ごく簡単に。そして新婚旅行は、イップスイッチのモーテルで初夜を過した後、アルバイトを兼ね、中・高校生用のサマー・キャンプの付添人としてニューハンプシャー州のウィニペソーキー湖にある島へ行った。

第五章　青年期（二）
――新婚時代

（一）　メアリー・ペニングトンと小説の中の妻たち

メアリー・ペニングトンが才気溢れた美女であったらしいということはすでに前章で述べたが、実際にどのような女性であったのか、アップダイクは自伝『自意識』の中でも詳しくは語っていない。そこで、彼女をモデルとして、彼が小説の中で書き表している女性たちから、ぼくはこの章で、多少の想像力をまじえてメアリー像を描きだしてみようと考えている。

幾つかの短編の中で、アップダイク自身をモデルとして描かれるデイヴィッド・カーンの妻として登場してくるデボラはメアリーを素材としていると考えて間違いはないであろう。

さらに、アップダイクが自分たち夫婦の生活をもとに書き連ねた『メイプル夫妻の物語』[1]の中に登場するジョウンという妻もメアリーをモデルとしたものと考えてよい。

メアリーの外見については、『自意識』の中でアップダイクが「やがてぼくは栗色の髪をした若く美しい女性と結婚したい」[2]と思ったと述べているし、また「若い頃、ぼくは魅力的で母のように優しく、芸術的で物静かな女性を妻にしたいと考えていたが、それが現実となって現われた」[3]とも書いている。メアリーが栗色の髪をしていたかは、明らかではないが、芸術的で物静かな女性であったことは確かである。しかし、「母親のように優しく」というのは、別れた妻に対するアップダイクの優しい心遣いであろう。たしかに、彼より二歳年上のメアリーは最初彼を弟のように優しく扱っていただろうが、実際は、彼の母と同じく、気性の激しい、かなり支配的な女性でもあったらしいことが後々の短編からうかがい知ることができる。

では、なぜアップダイクがあれほど若くに（大学の三年次をおえたばかりだった）結婚したのかについて、彼はそれを生涯苦しむ持病の乾癬のためと述べ、「ぼくの皮膚のことをまったく気にしない美しい女性を見つけたのだから、ぼくはもうその女《ひと》を失いたくなかったし、また、別のそういう女を見つけようなど考えもしなかった」[4]からだ、と記している。この言葉には少し冗談めかした気配もあるが、それだけにまた本音というものもちらついていて、彼が母親やペンシルヴァニアの田舎町、そして自らの少年、思春の期から早く訣別をしたかった気持ちも表現されているように思える。

彼は母親を強く愛していた。しかしまた母親の支配から早く脱けだしたいという感情も持っていた。実は、メアリーを作品の中から想像してみようとすると、彼の母親と共通する部分がかなり多いことに気づく。二人は共に背が高く、そして美しい女性（アップダイクは母親を思いおこすとき、「シリングトンの家の裏庭に立つ背の高い、笑みを顔いっぱいにたたえた女子大生のような女性⑤」と書いている）であった。教養という点でも二人は共に優秀な学校を卒業しており、まず遜色がない。ただ、メアリーの方がより知的に洗練された家庭に育ち、より良く現実社会に適応はしている。後で述べるが、メアリーは結婚後、イップスイッチ（Ipswich, Massachusetts）へ移ってから、その共同社会に適合し、広くアメリカの社会問題にも関わっている。その点、シリングトン中学校へ就職したにもかかわらず、一日で逃げ帰り、ずっと家に引きこもって小説ばかり書いていたという母親とは大違いである。ただ、メアリーも決して気安く一般の人々と交際する社交性はあまり持っていなかったようである。

アップダイクにとって当初は姉のように優しい女性と思えただろうが、メアリーはその反面、彼の母親と同様に強い個性、激しい気性を秘め持っていた。次のようなエピソードから、それをうかがい知ることができる。

「父の涙」の中で、主人公のデイヴィッドが恋人のデボラを伴って、両親の許を訪れたときのことが書かれている。その折、デボラが彼の汚れた下着や靴下を自分のものと同じスーツケースに詰めていたのを彼の母親に目敏く見つけられてしまう。(当時は未婚の女性がまるで同棲でもしているように男性の洗い物を自分の物と一緒にすることはふしだらと考えられていた)。声には出さなかったが、母親は激しく憤り、やたら台所の物に当る。その物音にデイヴィッドは母の怒りを感じとり、それをデボラに伝えるのだが、デボラはかえって反発し、「お母さんも少しは目をさまし、そんな事に慣れなきゃ(6)」と、大声でやり返す。デイヴィッドはこの二人の気性の激しい女たちの間に立って、ひやひやする、という挿話である。

アップダイクの母親、リンダも当初からメアリーを気に入らなかったようである。それは同じ短編の中で、父親が死んだ年に、デイヴィッドはデボラと離婚をするが(実際はアップダイクの父は一九七二年に亡くなり、メアリーとの離婚は一九七六年。ただし、七四年には別居している)、その折に母親が亡き父の話として、次のように語っている。「お父さんはね、おまえがデボラを初めて家に連れてきたときから、二人がうまくいくか心配していたよ。あの女はおまえには少し女らしさ《フェミニティ》が欠けていると」(7)。この言葉の裏には、アップダイク自身の母親がメアリーに対して抱いていた感情が秘められている。息子を愛しすぎる母親の嫁に対する意識は、『走れ、ウサギ』の主人公ハリーの母親が彼の妻ジャニスに対して表現する激しい嫌悪感となって書かれているし、また『農場にて』（*Of the Farm*, 1965）の中でしばしば言及される主人公ジョウイの最初の妻、ジョウンへの母親の追憶の中でも、微妙に制えても制えきれない反感として描かれている。

このように、小説の中でデボラやジョウンとして登場してくる女性がメアリーをモデルとしていたと考えると、デイヴィッドという主人公の母親はアップダイクの現実の母、リンダと考えることができる。そして、二人は同質の故に反発しあう。この二人の醸しだす緊張感の間に立って主人公が困惑し、二人の敵意を何とかやりすごそうとする心情が小説として書かれると、小説の緊張感を生みだすという仕掛になっている。「嫁と姑」という古典的な女性同士の対立感情が現代のアメリカ生活の中にも息づいており、表面的には仲むつまじい様相を見せながらも、その感情が夫であり息子である男を、そして彼の夫婦生活を動揺させる。いつの世も変わらぬ物語でありながら、アップダイクは繊細にかつ率直に新婚間もない若い夫の困惑を描きだすことができている。

ぼくはこのメアリーに実際に会ったことはないが、アップダイクの二度目の妻、マーサ・バーンバードとは三度会ったことがある。最初に会ったのは、二人が再婚して、イップスイッチの西、およそ一〇マイルほどの地にあるジェイムズタウンに住みはじめて一年ほどした頃である。一九七八年の夏、ぼくは『結婚しよう』(*Marry Me*, 1976)を訳了し、初校のゲラを手にアップダイクを訪れた。その折、一時間ほどインタヴューを行なった後、写真を撮らせてもらったのだが、彼がマーサを呼び、ぼくらは挨拶を交わし、二人の写真を撮らせていただいた。マーサはアップダイクより五歳年下だが、三人の子供を産んだ女性とは思えないほど若々しかった。ポニーテイルの髪をし、ジーパンをはいていて、まるで田舎娘のように見え、『結婚しよう』の中に登場するサリー(マーサをモデルにしたと考えられている)という不倫の恋に激しく燃える中年の美女とはひどくかけはなれていて、ぼくを驚かせた。一九八九年の暮に、ぼくは彼女と二度目に会った。そして、三度目に会ったのは、それから三年後の一九九二年の秋である。ウィスコンシン大学ミルウォーキー校へアップダイクを講演に招いた折、マーサも夫に同行して来られ、大学の宿舎に二泊していただいた。その時は、彼女はすっかり有名作家の夫人らしく、高価なスーツに身を包むレイディとなっていて、控え目に夫の傍らに常によりそうように立ち、そして寡黙だった。しかし、彼女の経歴などみると、コーネル大学でナボコフに習い、後にハーヴァード大学の大学院で教育学修士号を得ているから、メアリーと同じくなかなかの才女であったことがわかる。ただ、彼女の方がメアリーより七つも若く、かつ小柄だった。アップダイクは離婚後もメアリーの事を決して悪く言ってはいないが、作品の中で、マーサをモデルとした女性の方が故郷の友人たちの間で評判が良かったことを書いている。例えば、「父の涙」から先ほど引用した文のすぐ後で、彼はこう書いている。

　ぼくはいつもデボラの弁護にまわるのだった。離婚を望んだのはぼくの方だったくせにだ。昔の（高校の）同級生たちの集まりなどで、友人たちがわざわざやってきて、ぼくに二度目の奥さんはとてもいいね、などと言ってくれたりして驚いた。たしかに、シルヴィアの方が実にうまくぼくの友人たちの間にとけこんでいた。デボラでは、人見知りをするから、そうはいかなかった。(9)

　さりげなく書かれているが、この文から、二度目の妻シルヴィア（マーサのモデル）との対照として、メアリーの性格の一端が鮮明に描かれている。メアリーはある意味で物事を真剣に受けとめすぎる。自分と同質で、知的な教育を受けた人々の間では何とか対応ができるのであろうが、異質の人々、夫の過去の町や村の人々、いわば地方の社会にじっとかたまりあって暮してきた人々とはどう接してよいかわからない女性である。皮肉なことに、これもアップダイクの母親と似ている。だから、彼の父親が洩らした言葉「女らしさに欠ける」とは単に「性的な」意味ではなく、女性が潜在的に持つ社交性や表象性のことを秘めていたと考えられる。そして、それは息子の嫁を評した言葉であると同時に、自分自身の妻、リンダへの暗黙の評でさえあったのかもしれない。

（二）　結婚と留学

メアリーの像を以上で描きえたとは思えないが、アップダイクと彼女の結婚とその生活ぶりを虚構化した作品をさらに読み進めていけば、その像はもう少し明確になっていくはずである。

アップダイクは一九五三年、大学の三年次の学期をおえた六月にメアリーと結婚する。この事を素材として小説の中で書かれるのは、実はかなり後、一九七九年の「メイプル夫妻出頭す」（"Here Come the Maples."）[10]において、追憶の形で語られている。そこでは、主人公の「ぼく」リチャードがまだ二十一歳で、大学三年をおえたばかりなのに、二歳年上のジョウンと六月のある霧におおわれた日、結婚することになっている。その前日にリチャードは父母と共に実家から車でコネティカット州まで来、モーテルで一泊し、結婚式の朝、まずジョウンのアパートに行き、彼女を伴ってケンブリッジ市役所に出向き、結婚の書類に二人で記入した後、教会で行なわれる式に出る。

教会の式では、リチャードはぼんやりしていて、花嫁へのキスを忘れてしまうし、まだ若すぎて、夫というには照れくさくて、友人がケンブリッジの北東、一時間ほど走った海浜のコテージに送りとどけてくれたのだが何となく落ちつかぬ様子が描かれる。

これらの事柄は、多少の潤色は施されているのであろうが、まずアップダイク自身のことであろう。その後、数日後に二人は新婚旅行を兼ねて、列車で、そしてさらにフェリーボートを乗りついでニュー・ハンプシャー州のウィニペソーキー湖の北端にある島へ渡っている。そこで二人は中・高校生用のサマー・キャンプの介添人として働くのである。この事もすでに伝記的事実として前に書いたとおりである。

実際に、アップダイク夫妻はおよそ三ヶ月この島で働いているが、それを終えると、『自意識』の中で書かれているように[11]、メアリーの父親に迎えにきてもらい。その車でアップダイクの実家まで送ってもらっている。二人が家に帰りついたとき、偶然にも母方の祖父、ジョン・ホイヤーが息を引きとっている。この事は「祖母の指貫」（"My Grandmother's Thimble"[12]）に小説化されている。そこでは義父は外科医となっていて、「人の死に慣れている彼は遺体を診るために二階へ上り、そして微笑を浮かべながら階下へ降りてきて、まだ手首は温かいけれど、脈はもうない[13]」と二人に告げる。これもまた実際に起ったことであろう。すでに述べたが、義父のレスリー・ペニングトンは非常にリベラルな考え方を持つ宗教家で、人生をかなり冷静に見ることのできる人だった。この際の事柄について、アップダイクは『自意識』の中で「義父はぼくとぼくの妻をヴァーモントからペンシルヴァニアの家まで送り届けてくれたユニテリアン派の牧師」と書き記し、母は、厳格なルター派の祖父がその義父と会うのを避けるために死んだ、と言っているとも書いている。(14)従って、「祖母の指貫」のエピソードもまた実際に起った事柄を利用したアップダイクの作法を示すものとなっている。この時、一九五三年の九月であり、祖父のジョン・ホイヤーは九十歳で亡くなっている。

アップダイクはその翌年、ハーヴァード大学を優等で卒業し、奨学金を得てオックスフォード大学の大学院に留学し、美学を専攻することとなった。この際、メアリーも同行し、オックスフォードの病院で長女エリザベスを出産している。その出産の夜を題材にした小説が「死に瀕した猫」("A Dying Cat"(15))であるが、それについては次に述べることにする。

(三) 新婚時代の小説二つ

「死に瀕した猫」は、主人公の「ぼく」ことデイヴィッドが車に轢かれ、道に横たわっている猫を道路わきの生垣の中へと移してやり、その事を生垣の家の当主に宛てたメモとして記し、猫の身体にそえておくという挿話を中心としたごく短い小説である。ちょっとスケッチ風のものだが、それが「ぼく」の留学先のオックスフォードの町で、しかも新妻の出産を控えている状況の中での事であるから、猫への同情心も主人公の微妙な心理の反映として見ることもできる。彼はその前に、病院で妻を見舞い、完全滅菌をした白衣にマスクをつけさせられて、陣痛の最中《さなか》にある妻に会っている。

……白衣をまとってそこに横たわる妻はまるで卒業式で名前を呼ばれるのを待ちかまえているように思えた。（陣痛がやってくると）彼女は話すのを途中でやめ、遠くから聞こえてくる校長先生の声を聞きとろうと、じっと耳をそばだたせる。すると、その顔に恍惚とした表情が現われる。痛みが去ると、彼女はほっと溜息を洩らし、「わあ、ちょっとすごかった」と言い、それからまたぼくにむかって、食事は一人でどうしているの、とか、生れたら誰に電報を打つつもりかなどと話を続けた。(16)

この描写は、虚構の新妻（デボラ）というより、現実のメアリーの表情と性格を書き表わしていると思えるほど実感に満ちている。異国の地での出産という女性にとっては非常に不安であるべき事柄が、彼女には一種の冒険のように受け取られている。その勇敢さは若い夫の心をなごませ、かつ夫の食事の事や、出産後の故国のあちこちに報せるべき電報の事にまで心を配っている。まさに「姉さん女房」であったメアリーの性格がよく描出されている。

この後、「ぼく」はまだ産まれるまでに間があるということで、一旦家に帰らせられる。車で夜の町へ歩き出て、偶然道路の真中に横たわる猫を見いだすことになる。車に轢かれたらしいが、まだそれはわずかに動いているので「ぼく」がそれを道の端の生垣の内側へと移してやる。猫が生垣の家のものと推測したからである。猫の血で汚れた手袋を気にもせずに家へと急ぎ、猫の主人に事の次第を記した手紙を用意し、再び現場へと戻る。そして、「ぼく」は家へ帰って寝てしまう。明方、「ぼく」は病院へ電話を入れ、無事女児出産、母子共に安泰の報を手に入れる。

アップダイクはこのスケッチ風物語を含めて四つの短編を一連作として発表している。(邦訳の題は「四つの物語」で、『アップダイク自選短編集』新潮文庫)そこに収められている「踏みかためられた大地」("Packed Dart")、「教会へ通う」("Churchgoing")、「死に瀕した猫」("A Dying Cat")、「下取りに出した車」("A Traded Car")には必ずしも一貫性のようなものはない。背景となっている時代も違うし、主題的関連性のようなものもない。ただ、語り手主人公が「ぼく」デイヴィッド・カーンであるだけである。しかし、「死に瀕した猫」の冒頭の一文「物事には輝かしい面と暗い面がある。すべてが上昇し、すべてが沈む[17]」が印象的で、もし四つの物語を統合する主題があるとすれば、作者はこの一文を意識していたのではないか、と推測することができる。

実は、アップダイクはこの頃宗教的に困惑していた。彼は思春期にキリスト教を含め、神そのものへの信に疑問を抱くことになるが、大学に入って完全にキリスト教への信仰を捨てている。しかし、神の存在への信を全面的に捨てたわけではなく、新しい時代に新しい神の考え方があるはずと考えている。この事は、彼の出世作となった『走れ、ウサギ』の中でよく開陳されている。ある意味で、彼は制度としての宗教を信じることをしなかったが、社会風習としての「教会《チャーチ》へ通うこと《ゴーイング》」に敢えて反対もせず、結婚してからメアリーの言うまま教会（会衆派）に属し、役員さえもしている。だが、この頃から、自然界（人間を含めて）に存在する神を意識し、人間の生には神の恩寵というものが働いていると考えるようになっている。だから、一見何も関連がないように思えるこの四連作について、アップダイク自身が「宗教的信念が問われている物語だ[18]」と述べるわけである。

彼は『走れ、ウサギ』で現代の「迷える小羊」のようなハリーという主人公を設定し、既成の宗教への不信を投げかけながら、本能的に神の意志を体現したかのような暴走を彼に繰りひろげさせている。しかし、ハリーは終局的には新しき救世主《メサイア》とはなれず、世間に背を向けて逃げ去っているが、彼は神そのものを否定してはいない。アップダイクが「物事には輝かしい面と暗い面がある」と書き、人間にとって上昇の時があれば、下降の時もある、と断ずるのは、それが神が人間に与えている「恩寵」であると考えるに至っているからである。人は自らの上昇と下降の間に立って惑い、一喜一憂をするが、すべてを統合してみれば、必ずバランスが取れている、猫は死に、赤児は生まれる。「四つの物語」を精細に読めば、読者はこのバランスに気づく。人間には悲しい出来事があれば、嬉しい出来事もある。当り前のことであるが、それが神が人間に与えている「恩寵」というものである。そして、この当り前のことを物語として書くことに、アップダイクは自身の揺らぐ信仰心に一種の安堵の感情を得ていたように思える。

もう一つの短編は、後に「メイプル夫妻」(“The Maples”) の物語という連作の第一章となる「グレニッチ・ヴィレッジに雪が降る」(“Snowing in Greenwich Village”[18]) である。『メイプル夫妻の物語』(*Too Far to Go: The Maples Stories*) は一九七九年に紙装版で発表されるが、作者自身がその序文で記しているように、リチャードとジョウンという「夫婦の姓は楓《メイプル》の木に由来する。それはノールウェー・メイプルの街路樹でおおわれた小さな街で成長し、後にシュガー・メイプルや秋になると燃えたつように赤くなるスウォンプ・メイプルの多いニューイングランドに移り住むことになった若かりし頃のぼくが好んでつけた名前だ[20]」とある。つまり、この連作は虚構の産物でありながら、作者自身とメアリーとの結婚生活を限りなく実際に近い形で素材としたものだった。もちろん、アップダイクは最初から自分たちの生活を素材とする連作を意図したわけではなかったようである。特にこの第一作は、他の短編連作と少し違った感覚、都会的というか、より虚構的《フィクティシアス》というか、そういう感覚を持っている。「メイプル夫妻」の物語を作者が意識的に連作と表明したのは一九七二年に『美術館と女たち』を出版したときである。この短編集の後半に「ボストンを行進する」（"Marching Through Boston"）ほか四つの短編が収められており、それをアップダイクは「メイプル夫妻」としてまとめている。それら五編の短編は『ニューヨーカー』誌と『ハーパーズ』誌に一九六六年から七一年にかけて当初掲載されたものである。

アップダイクはその後も今述べた二誌をはじめ、『プレイボーイ』誌や『アトランティック・マンスリー』誌などにメイプル夫妻を主人公にした短編を発表している。そしてさらに書きおいてあったものや、連作に仕上げるために書き加えたものなど七編を補足して全十七の短編から成る『メイプル夫妻の物語』を一九七九年に発表するに至ったのである。この十七編の短編のうち第一章にあたる短編だけがニューヨークを背景としているが、他はすべてイップスイッチへアップダイク夫妻が転居してからの時代の事をもとに構成されている。

アップダイク夫妻は一九五五年の八月にイギリスより帰国し、当初マンハッタン地区のリバーサイド・ドライヴ85番地に住んだ。アップダイクは『ニューヨーカー』誌のスタッフライターの職を得、同誌の「町の話題」（"The Talk of the Town"）を担当しながら、詩や短編をそこに発表した。翌年二人はグレニッチヴィレッジのアパートに居を移しているが、「グレニッチヴィレッジに雪が降る」は夫妻がそのアパートに越してきて間もない頃のある夜のことを素材とした短編である。

それは単純に「メイプル夫妻は前の日に西十三丁目に越してきたばかりだった[21]」という文章で始まる。夫妻はその夜、近くに住むレベッカというジョウンの旧友をカクテルに招く。レベッカはジョウンとは違い、非常に女性的、いつも微笑をたたえ、まるで夢の中にでも住んでいるように現実ばなれした美女で、リチャードの心をくすぐる。リチャードはジョウンより二歳年下だが、それ以上に若く見えるので、いつものことであれば、主人役はジョウンにまかせ、常連の客のように振る舞うのだが、レベッカを迎えて、彼は甲斐がいしく主人役をつとめる。

物語の中で何かが起るわけではなく、ただレベッカという女性のものうげな仕種と都会的洗練さ、そして彼女の語る風変りな女友達や男友達の話が物語を紡ぐ。レベッカは生真面目なジョウンとは対照的にその生活ぶりも浮遊物のように頼りない。一見投げやりな生活、無防備にも思える独身の美女の暮らしぶりが彼女の話からうかがい知ることができる。その夜、リチャードは彼女の話に魅せられてしまう。彼女の話がつきようとする頃、外でカツカツと馬の蹄の音が鳴りひびく。窓を開け、三人して十三丁目の街路を二列縦隊で通りすぎる騎馬警官たちの姿を眺め、そして雪が舞いおりてきているのに気づく。雪の多いヴァーモント育ちのジョウンは新居に移ってきた夜に雪が降ってきたと感動し、リチャードを人前かまわず抱きしめる。その後、彼がレベッカを彼女のアパートまで送っていくという話となっている。

レベッカという女性が実在の人物をモデルとしたかは明らかでないが、アップダイクの虚構の産物かもしれない。むしろ、アップダイクは彼女を登場させることにより、ジョウン、つまりは実在のメアリーの一面を描いてみたかった作品のように思える。例えば、物語の冒頭でリチャードがレベッカの外套を取ってやる場面が描かれているが、彼はそのあまりの軽ろやかさに何とも言えぬ「女」を感じている。書かれてはいないが、ジョウンの物とは違う、日本流に言えば「天女の衣」のような軽ろやかさで、彼は自分の妻のものとは異なる何かを感じている。この感覚は小説の主題のように最後まで続いている。妻を愛していても、妻とは違う女性に微妙に心ひかれる若い夫の心を暗黙に示し、作品の底流にまるでＢＧＭのように読者に聴かせている。

レベッカはすすめられたソファに座らず、その傍らにフロアの上に横ずわりに席を占める。その顔は蒼白く、ふっくらとした眼もとや口もとはリチャードにダヴィンチの描く女を想わせる。一方、ジョウンはヴァーモントの実家から持ってきた時代物のヒッチコック・チェア（黒塗りの木製、垂直の背に藺草《いぐさ》のシートを持つ）にきちんと座り、まだ風邪が直りきらず鼻水を拭ぐうハンカチを手にしている。彼女の顔も蒼白だが、熱っぽいのか、顔の所どころにピンク色に斑点が浮びあがっている。長い首筋と細長い碧い眼、背筋を伸ばし、頭をわずかに問いかけるように傾けている様から、リチャードはモジリアニの描く女に似ている、と考えている。

現実のアップダイクの妻、メアリーはここで描かれているような病的で、弱々しい女性ではない。後の数々の短編で描かれているように健康的で強靭さを秘めた女《ひと》だったと推測できる。この短編では、レベッカとの対比で、弱々しくありながら、生真面目で、年下のハンサムな夫を多少支配している気配を見せる女性として、作者は提示しているだけであろう。しかし、アップダイクは潜在的に自分たちの結婚生活に存在していた微妙な違和感を一見なんでもない短編にすでに映しだしてみせようとしていたのかもしれない。

若い夫は決して新婚の生活に不満ではない。年上の妻に当初は経済的にも支えられ、そして密かに操られてきることを充分承知している。だからこそ、彼は自由に妻と違うタイプの女性たちに魅せられ、密かに恋心さえ抱くことができるが、また妻の許へと、つまりは安全な自らの巣へと戻っていく。この形は後に書かれていくメイプル夫妻の物語の底流として常に存在している。同時に、それがまた、二人の結婚生活を乱し、不倫や最終的な破綻へと導くことになる遠因となるのであろう。

アップダイクはメアリーに自分にとっての「完璧な女性」を見たはずであったが、人間には「完璧な」ものは存在しない。しかし、人は若いときに恋をし、伴侶となるべき異性を「完璧」と思うことがある。そう思わなければ恋もしないし、伴侶として選ぶこともできないであろう。女性も男性も、結婚してみて、初めて本当の意味で相手の「全的真実《ホール・トルース》」を少し知ることになるのだから。

（四）イップスイッチへ

アップダイクは一九五七年三月に『ニューヨーカー』誌を退職し、その年の一月に生れた長男デイヴィッドと三歳になろうとする長女エリザベスを伴い、一家をあげてボストンの北北東二十数マイルほどの地にある海浜の町、イップスイッチに引越している。彼はその事情について、次のように述べている―

……一九五七年になぜぼくはニューヨークを離れ、恵まれた職を辞してしまったのか？

実はそれは皮膚病（乾癬）のせいだった。陽の当らぬ都会の陰の中で、それはひどくなり、洗面所の鏡の上方にあるソケットに太陽灯のバルブをさしこんだぐらいでは何の役にも立たなくなっていた。家族共々に、はるばるマサチューセッツ州イップスイッチまでなぜぼくが引っ越したか？　それはこの古めかしい清教徒の町には北東部の素晴らしい海浜《ビーチ》の一つがあったからだ。その砂丘にぼくは罪にまみれた古《いにしえ》への隠者が砂漠におもむくように自らの肉体を陽光で焼き、皮膚病を治してやることができる、と思ったからだった(22)。

もちろん、この一文を全面的に受けとることはできないが、多少彼の本音もうかがい知ることができる。彼と乾癬は生涯のつきあいであったことは間違いないが、たしかに、イップスイッチでの日光浴が効果があったようで、そこへ越してからはあまり気にはしなくなっている。

しかし、もう一つの理由があったのではなかろうか？

『ニューヨーカー』誌のスタッフライターという職はまだ二十代の若い作家には恵まれすぎていると思えるのだが、アップダイクはそれに甘え、気の利いた短編と機智溢れる短詩や街のレポートを書くだけでは満足できなかったのではないだろうか。本格的な長編小説を書くこと。職業作家として確立すること。それを彼は目指していたのではないだろうか。そのために、彼はニューヨークを去り、やがて海浜の田舎町で午前中は必ず小説を書くというい わば背水の陣を自らしいたのではないか、と推測することができる。

たまたま、メアリーの父の友人がイップスイッチに所有していた家を提供してくれて、当初彼らはそこに住むが、翌年の一九五八年には古い家を購入し、移り住んでいる。町のイースト・ストリート二十六番地にあった十八世紀に建てられたと思える家だった。イップスイッチでの本格的な生活の始まりだった。アップダイクが自ら述べるように「この地（イップスイッチ）でぼくは人生をしっかりとつかみとった[23]」のである。メアリーとの結婚生活は「完璧」というわけにはいかなくなるのだが、二人はこの町の共同社会にうまくとけこんでいった。そして、アップダイクはこの地で自分が思考していた職業作家として次々に話題作を提供してゆくこととなる。

第六章　中年期
――イップスイッチでの生活

（一）　成熟の時

前章で述べたように、アップダイク夫妻は一八五七年にニューヨークから幼い子二人を連れてマサチューセッツ州イップスイッチに移り住んだ。イップスイッチはボストンの北北東二十数マイルの地にある大西洋に面した古い町である。十七世紀に開かれた植民地時代初期の由緒ある地で、現在も歴史的建造物が残っているし、またその海浜（長く入り組んだ砂浜と砂丘）は全米でも第一といわれる景観を持ち、アップダイクの短編や長編の中にもしばしば登場してくる。

彼はこの土地におよそ十七年間メアリーと結婚生活を送ることになるが、六〇年代の後半から二人の関係がきしみ始め、彼に新しい愛人ができたこともあり、一九七四年に別居することになる。そして、彼はしばらくボストン市内のアパートで独居生活をし、七六年に正式にメアリーと離婚し、翌年愛人であったマーサ・バーンハードと結婚している。彼らはイップスイッチから西へ少し内陸へ入ったジェイムズタウンという小さな町で暮し始めている。その後、八二年に二人はボストンの北東十五マイルほどの地にあるベヴァリーファームズという海浜の町に家を構え、アップダイクは町の名士として、現代アメリカを代表する作家として死を迎えるまで、その家で暮している。

しかし、彼はイップスイッチで過した十七年の最初の数年の間に念願だった職業作家への道を実に順調に歩んでいる。そこへ移ってから二年後の一九五九年に彼は処女長編となる『養老院の祝祭日』（*The Poorhouse Fair*）をクノップフ社から出版し、同じ年に最初の短編集である『同じ一つのドア』（*The Same Door*）も同社から出版される。しかも、この年にグッゲンハイム奨励金を受けて書き始めた長編『走れ、ウサギ』（*Rabbit, Run*）が翌年の一九六〇年に出版されると、大変な売れ行きとなり、当時アメリカ文壇に登場し始めていたジョン・バースやフィリップ・ロス、J・P・ドンレヴィなどと共に新しい世代の作家、「新しき虚無主義者《ニュー・ナイヒリスツ》」と称され、確立した作家としての地位をかためている。

実は、アップダイクは必ずしもバースやドンレヴィと同列の「虚無主義者」ではなかった。その点、フィリップ・ロスも同じである。ただ彼は一九三〇年代の大不況の時代に生れ、貧しかった三〇年代に少年期を過し、第二次大戦後、いわゆる「アメリカの時代」として国が急激に豊かになり、戦前までの清教徒的な家庭生活の中心となっていたキリスト教とその信条が背を向けられていく過程を身をもって体験する青春を過している。アップダイクは常に優れた観察者であり、作家としてその記憶をもとに丹念に描出することのできる人だった。貧しい時代を生きた祖父母や両親の生活を見つめて成長し、彼らに続くべき自分たちの世代の者たちの精神的困惑を体験し、新しい規律や信条を求めたいと願う人々の行動や心理を作品の中に表現したい、とアップダイクは考えた作家だった。だから、もしも彼の作風に命名をしたいなら、ぼくはむしろ「新しき風俗作家」とすべきと考えている。

そのことは、『走れ、ウサギ』を読めば歴然としている。この小説には、主人公となる〈ウサギ〉ことハリー・アングストローム（Harry Angstrom）という作者と同年代の青年と、彼を援け、共感を抱きながら最後には見捨ててしまうジャック・イクレス（Jack Eccles）という若い牧師が登場している。ハリーは少年期にルター派の教会に所属する厳しい両親の許で育ったため、未だに神の存在に一種の畏怖を感じながらも、完全にキリスト教会に背を向けた不信の青年となっている。彼は今では自らの生への意欲と本能を信じ、それの導くままに行動しようとする人間となっている。しかも、彼は不遜にも自分には天分のようなものが具わっており、現代の救世主《メサイア》にさえもなれるのかもしれない、と考える愚かな男である。

一方で、イクレスは代々監督派教会《エピスコパリアン・チャーチ》の牧師をつとめてきた名門の家柄に生れ、成長して当然のように神学校に入り、そこを卒業して牧師となり、ペンシルヴァニア州の中都市ブルーワーの教会をあずかっている。だが、彼は神職者でありながら、新しい世代の若者としてどうしても神の存在を信ずることができない。宗教の名家育ちの優雅な青年として神学校で過し、牧師となっては美しい女性と結婚し、牧師館で暮している。彼は不信者ではあるが、不実な人間ではない。自分が祭壇に立ち神とキリストを讃えていながら、そのいずれの存在をも信ずることができないのを恥じている。彼はその埋め合わせのように、教区の人々のために走りまわる。たまたま、ハリーの妻ジャニス（Janice）の実家が彼の教区の一員であり、ジャニスの母に乞われて、家を捨て、娼婦の家に転がりこんでいるハリーを連れ戻す役割りをになわされ、彼と関わりを持ってしまう。しかも、イクレスは自分と違って、自らの本能に信を置き、それに従って生きているハリーの言動に一種の聖者性を見てしまい、彼を支援したいと考えてしまう。もちろん、それは神への信を失っているイクレスの幻想にしかすぎない。やがてハリーの聖者性は消滅し、かえってハリーは神の手痛い罰を受け、非社会的人間として、現実生活から逃げ去らざるをえなくなっている。

アップダイクはこの二人の青年を軸として、一九五〇年代に成人となり、家庭を持つに至った新しいアメリカの世代の信条と行動を丹念に描きだしている。彼らは合理的な時代に生き、神やキリストの神格化をもはや信ずることができなくなっている。ただ伝統的にキリスト教会の慣習と規律の中で成長してきただけである。彼らが両親たちの世代と異なるのは、信ずることができないまま、信じていることを装うことをやめ、自らの不信を正直に表明するか、あるいは何か新しい信の対象を模索するかのいずれかである。彼らの行動は従来のアメリカの家庭生活に反逆するというより、むしろ彼らの困惑を表明し、新しい生活のあり方を求めようとしていただけである。彼らに何らかの良き解決策があったわけではなかった。アップダイク自身、ハリーもイクレスも結局は共に挫折してしまう、と小説の終りで示唆するにとどまっている。しかし、アップダイクはこの小説によって従来のアメリカの生活を支配してきたいわゆる「お上品な様式《リスペクタビリティ》」を排し、キリスト教という教会の定めた規律を拒む世代が生れ、彼ら自身の「生活様式《マナーズ》」を築いていこうとする意欲を描いていこうとしていた。これは小説形式として、「風俗小説」である。彼はこの小説から、後の作風を確立したと言える。

この後、アップダイクは非常に多産な作家へと成長していくのだが、それはイップスイッチでの生活から生れた彼の着実な方法によるものだった。当初彼は背水の陣をしいた「職業作家」（彼は好んでフリーランス・ライターという言葉を使う）として、生活の資を得なければならなかった。その自覚から、彼はイップスイッチに移ってから、必ず午前中には朝から昼食まで「書く」（小説であれ、書評であれ、エッセイであれ）ことに集中している。(1)

そして、移った当初、彼とメアリーはイップスイッチに住んでいた同世代の夫婦たちの仲間として受け入れられて、ある意味では特殊な、そして裕福な世代の一員として快適な生活を始めている。アップダイクは『自意識』の中で、その生活ぶりをこう記している——

……ぼくたちは（イップスイッチで）大きな波に呑みこまれるように、若い夫婦たちの仲間となっていった。リコーダーのグループ、ボーカルのグループ、それにバレーボールに、シーズンともなればタッチ・フットボールに加わり、また声を張りあげての劇の朗読会やら、ギリシア民謡の踊り、ディナーパーティを開いては、海浜で貝を掘ってのバーベキュー、それに音楽会やら華やかな衣装をまとってのダンスパーティなど。すべてが比較的に狭いその町の中で行なわれ、そしてすべてが見事に共鳴しあっていた。(2)

しかも、この地でアップダイクは少年時代に持ったことのない兄弟姉妹のように思える親しい友人たちの仲間となり、彼らから絶えず電話がかかってきたり、ひょいと裏口へ顔を出したりする間柄を楽しんでいたようである。ただ彼が告白しているように、本質的にはこの半ば上流中産《アッパーミドル》の階級に属する彼らとは自分が異質な存在であることは自覚していた。「ぼくは公立学校に通い、スーパーで買い物をする普通のアメリカ人の生活をしてきた。だからそこでは（イップスイッチの友人たちの世界）自分を文学的スパイと見たてていた[3]」と、彼は述べる。つまり、彼はそこでの若き優雅な夫婦たちの中にありながら、かつ冷静な観察者であったと認めている。のちに全米でベストセラーの仲間入りをし、新しい「風俗小説」として〈夫婦交換《スウオッピング》〉という流行語を生みだすこととなった『夫婦たち』（*Couples*, 1968）はこの密かな観察者によってイップスイッチの生活をモデルとして創りだされた作品だった。

（二）『夫婦たち』について

アップダイクはこの長編小説の舞台をターボックス（Tarbox）というボストンの南二十数マイルの地にある架空の古い海浜の街としている。それは大西洋に面し、入り組んだ入江と広い砂丘、長い砂浜のある美しい場所となっており、歴史的にも由緒ある町で、植民地時代から開かれ、古い建造物や今も昔の住民たちが存在していると書かれている。これは、南と北の違いこそあれ、ボストンの北二十数マイルの地にある彼の暮したイップスイッチをモデルにしたとしか考えられない[4]。というのも、地図で見ると、ボストンの南へ二十数マイルの地には、あまり歴史的と思える町もなく、また海浜の地も存在していないからである。まず、彼が描くターボックスの町のシンボルというものを見てみよう――

ターボックスの町では、空高く一羽の金色《こんじき》の鶏が舞っている。丸屋根に尖塔をつけたギリシア風の会衆派の教会をそれは飾っている。教会のむこうには、かつて町の緑の共有地《コモン》であった場所にバックネットを掲げた野球場のスタンドがあり、さらに頑丈な造りの音楽堂がある。戦没者記念日《メモリアル・デイ》にはそこに人々が集まり、声高々に祈りを唱え、クリスマスの時期にはキリスト生誕の馬小屋の模型が展示される。……（中略）教会は昔からのものだが、一八九六年と一九三九年に改修が施されているが、この金色の風見鶏だけは今も三十メートルもの高みに掲げられている。昔の教会の屋根から外されたもので、いわば植民地時代の遺物であり、その眼には赤銅の英国の一ペンス貨が使われている。(5)

こう書いた後、アップダイクは町には昔からの住民たち（キンボール、スーウェル、ターボックス、コグズウェルなどの家族たち）が今も暮していることも、まるで実在のもののように紹介している。そして、この古い町に一九五〇年代に入って、少しずつ新しい裕福な若い世代の夫婦たちが家を構えて住むようになった、と書いている。

最初にグェーリン夫妻（the Guerins）である。ロウジャーとビー（ビアトリス）で、ロウジャーは職業こそ持たないが、大変な資産家で投資に関わるのか、たえずボストンに出、昼食をとり、スクォッシュに興ずる男。夫妻は十七世紀に建てられたという家を大改造し、優雅に暮している。そして、ソーン夫妻（the Thorns）も早くからこの町に移ってきている。フレディとジョージーンで、フレディは医学部に入学できずに歯科医になり、この町で開業している。彼は皮肉な人生哲学を披露する人物で、女性の扱いが上手なくせにどうやら性的には不能である。しかし、やがて時と共にこの町に形成される若い夫婦たちの中心的な存在となっていく。ジョージーンはフィラデルフィアの銀行家の娘で、その知的背景は描かれていないが、大変に優雅な美女として登場している。

次いで、アップルビー夫妻（the Applebies）とスミス夫妻（the Smiths）がやってくる。フランクとジャネット、ハロルドとマーシャである。彼らは共に上流中産階級の出で、子供時代は女中や運転手のいる家に育ち、夫妻共に名門の寄宿学校に行かされている。例えばフランクはエクセター校（Phillips Exeter Academy）を経て、ハーヴァード大学を卒業している。今はボストンの銀行で投資関係の仕事に従事している。ハロルド・スミス（小説の中では町にスミス姓の古い家族がいたという理由で小スミス（little Smith）と書かれている）

はプリンストン大学の出身で、これもボストンの証券会社で働いており、二人は共に同じような背景を持つことから家族同士で交際するようになっている。

一九五七年には、オング夫妻（the Ongs）が移り住む。ジョンとバーナデットと言い、ジョンは韓国系アメリカ人で著名な原子物理学者、ＭＩＴ（マサチューセッツ工科大学）の教授をつとめ、国家的重要人物。バーナデットは日系アメリカ人で、ボルティモア出身。その地の名門、ジョンズ・ホプキンズ大学を卒業している。また同じ年にユダヤ系アメリカ人のソールツ夫妻（the Saltzs）も移り住んでいる。夫のベンはブルックリンのユダヤ人街育ちだが、今はＭＩＴで国家機密に関わる研究に従事する科学者で、その妻はアイリーンと言う。

この町の不動産業と建築業を兼ねた会社を経営するギャラガー夫妻（the Gallaghers）も一九五八年に彼らの仲間となっている。アイルランド系のカトリック教徒で、トムとテリー。テリーは画家である。

実はこの小説の主人公となるオランダ系のハニーマ（Piet Hanema）はギャラガーと朝鮮戦争の際に軍隊で知りあい、彼に誘われてこの町の建築業者として彼の共同経営者となってやってきた男である。ピートは後にアンジェラという妻を得、この町の裕福な若い夫婦たちの仲間入りをすることになるが、彼らとはまったく異質な背景を持っている。この異質さは、前に述べたが、アップダイク自身が告白しているように、彼がイップスイッチの共同体で感じたものと同じで、その異質さがこの小説の隠れた主題とさえなっている。

ピートは、第一にニューイングランド地域の出身でもないし、また上流中産の出でもない。彼はミシガン州の農家の倅で、州立大学で建築を学んでいた二年生の冬、両親が雪道《ゆきみち》の自動車事故で急逝し、驚嘆した彼は弟に農場を譲り、大学を中退して軍隊に入ってしまったという男である。第二に、彼はこの町の男たちとは違い、赤毛で本能的、小柄ではあるががっしりとした体格で、外見的にも上流中産出身の男たちとはひときわ違っている。

彼の妻、アンジェラは長身の美女（アップダイクの妻、メアリーに似ている）、ターボックスの北七マイルの海浜の地ナンズベイで学校教師をしていた女性である。両親と暮していて、名門大学を出ていながら、どういうわけか独身でいた彼女を家のリフォームにやってきたピートが見初め、結婚し、ターボックスに連れてきた。アンジェラはすぐに町の若い夫婦たちの仲間となり、彼らからは一種の憧憬の的となっている。彼女はそれほどに優しく賢明であるし、男性たちが一度はベッドを共にしたいと思うほど魅力的でもある。しかし、結婚して時がたつと共に、本能的に過ぎるピートとは性的関係がうまくいかなくなっている。おたがいまだ愛しあっていると思いながら、二人の感情に微妙なずれが生じてきている。

彼らにさらにエディとキャロルというコンスタンチン夫妻（the Constantines）も加わ

る。エディは航空会社のパイロットである。そして、一九六五年の春、この九組の夫婦たちにホイットマン夫妻（the Whitmans）という彼らより若い夫婦が町の海浜に近い古い屋敷を買いとって、移り住んでいる。

夫はケンといい、ニューイングランドのエリート。父親はハートフォードの著名な法廷弁護士であり、ケンもエクスター校からハーヴァード大学へ進み、今はボストン大学の生化学の教授である。しかし、海星《ひとで》のＤＮＡの分析に明け暮れているのだが、研究分野ではユダヤ系や日系の学者たちの活躍が目覚ましく、自信喪失、ハンサムで長身の若手教授なのに、研究に苦渋し、妻との性生活も満足にいかない男となっている。

妻はフォクシーという。ボルティモア出身の才媛で、ラドクリフ女子大で学び、ケンと知りあい結婚しているが、学生時代はユダヤ系の青年と交際していて、豊富な性体験を持っている。母は海軍中佐だった父親と離婚し、裕福なユダヤ人と結婚し、優雅な生活を送っている。父も海軍を退役すると、サンディエゴにある造船会社の技術顧問となり、カリフォルニアで暮している。

彼女とケンはターボックスの海に続く沼沢地に面した古い家[6]を買い、この地に越してきたが、その家の改装をピートに依頼したことからピートと接触することになる。しかも、ピートは当初からフォクシーに関心を覚え、二人は他の夫婦たちと違い、遊びではない関係となってしまい、フォクシーがケンの子供を産んだ後も不倫を続け、ついに彼女はピートの子供を妊《みごも》ってしまう。

このように、ターボックスの町へ住むことになった十組の若い夫婦たちは、アップダイクが自伝で述べているように、この古い町に新しいクラブ組織のような共同体を作りあげて、おたがい様々な競技やパーティを開いて、二十代から三十代へと時を刻んできたのである。そして、一九六三年の春に、小説の物語が始まるが、その時点では彼らのほとんどがすでに三十代の半ばを過ぎ、ホイットマン夫妻を除いて、すでに子供たちが養育の手を離れ、優雅で、経済的に裕福でありながら、結婚生活に倦怠を感じはじめ、妻たちは自分たちの能力を生かす術《すべ》もなく日常生活への不満を抱える年代となっている。

（三）　性愛は反逆の旗印となりうるか

アップダイクはこの小説の時間を一九六三年の春から翌年の春までとしているが、これは彼がこの一年間をアメリカの重要な歴史的時間と考えたからである。

その年の春、ケネディ大統領と夫人のジャクリーヌの不仲説が公然とささやかれ、ジャクリーヌが妊娠をし、やがてその子を流産することなどが家庭や子供たちの間でさえ話題にされている。このように書かれるということは、実はケネディ夫妻をターボックスの夫婦たちが自分たちの〈仲間〉と意識し、同時に新しい時代のアメリカを象徴する期待と考えたからである。

彼らにとって、ケネディ夫妻は自分たちと同じように上流中産階級の出でありながら、極めて保守的で「お上品な」この階級が支配するアメリカ精神をくつがえすように登場した大統領夫妻だった。だからこそ、彼らは大統領の不倫もジャクリーヌの流産も非難することなく、密かに声援さえしている。それなのに、この期待の大統領がその年の秋に暗殺されてしまう。

大統領の悲劇が全米じゅうにテレビで報道されたその日、ターボックスの夫婦たちは総勢、ソーン家で行なわれるブラックタイ・パーティ（男性はタキシード、女性は夜会用ドレスを着用する正式のパーティ）に招かれていた。ケネディ暗殺の報に一時はソーン夫妻はパーティの中止を考えるが、ケイタリング・サーヴィスをはじめ、すでにすべての用意がなされていたことから、予定どおりに実行する。そして、これが奇しくもケネディ大統領の死への別れの儀式のように描かれている。

さらに物語は冬から春へと続くことになるが、ケネディの死と共に、六〇年代の革新の気運はまず政治の面から後退していく。大統領の暗殺の真相はついに明らかにされないまま、幕を閉ざされ、旧守派のジョンソンからやがてニクソンへと大統領職が継承されていき、少しずつアメリカは「新保守主義」の時代へとむかっていく。その気運に呼応するように、ターボックスの夫婦たちも、ピートとフォクシーを除いて、静かにそれぞれの親たちと同じように旧守の夫婦の日常へと戻っていき、もうあのクラブ組織のような新しい彼らの風俗《マナーズ》も消滅してしまう。だからこそだろう。アップダイクはこの一九六三年という一年をこの物語の背景においたのである。

では何故彼はこの小説の中であれほどに夫婦たちの性愛について詳細に書かねばならなかったのだろうか? アップダイクはこの小説でアメリカの密かな風俗になっていた「夫婦交換《スウオツピング》」を公けのものとし、当時の流行語とし、ベストセラー作家となってしまう。彼は知的で、富裕な中年の夫婦たちが週末に行なうパーティや遊戯にスポーツなど、丹念に描き、そして更に夫婦たちの寝室での会話、行為、情人たちの性交など、直接的な言葉を駆使して何年かすでに結婚生活を経てきた男女たちが受けとるように性の行為を当然のものとして書いている。

この何故という問いは、アップダイクにとってはまことに単純なものだったのであろう。というのも、性愛はこの階層の、この世代の夫婦たちにはそれが唯一の期待に思え、最も大きな関心事になっていたからである。では彼らは何故他人を見ると「一緒に寝る」対象としてしか見ることができないのか。彼らの共同社会が共有するこの倫理とは何か。またその倫理がはたして新鮮なのか、あるいは見せかけだけに過ぎず、旧態依然とした彼らの実体を隠すものなのか。アップダイクはこれらの問いを、ターボックスの夫婦たちの風俗を描きながら、問い続けていたのである。

すでに述べてきたように、この夫婦たちは新しい世代の上流中産階級に属している。夫たちはハーヴァードやプリンストンなど、名門大学の出身であったし、妻たちも例外こそあれ、ほとんどが大学出身者、しかもラドクリフやブリン・マーなどの名門女子大の出である。夫たちの社会的地位はこの町やボストンで重要な役割をになうか、あるいはケン・ホイットマンやジョン・オング、ベン・ソールツのようにボストン大学やＭＩＴにおいて教鞭を取り、研究に従事する。

彼らは一様に三十代の前半から後半となる年齢層の男女であり、アップダイクが描くように恐慌から第二次大戦にかけての時代をアメリカの富が自らの慣習を持続するために依存してきたあの制約と厳格な規律に反抗を示す中産階層の世代である。彼らは親たちが守ってきたキリスト教義と「お上品な」約束事に反逆し、従来のアメリカ精神を田舎じみたものと考え、新しい時代を新しい環境の中で知的に、洒落たものへと造りかえようと考えている。

だが、実際には彼らには確固たる改革の精神とか、明白なる目的意識や信条があるわけではない。彼らの親たちが守り続けてきた上流中産階級の保守主義と教会によって彼らの心の内に刻みこまれたカルヴィン主義をただ単に堅苦しいと思い、馬鹿らしいと考えたに過ぎない。フレディ・ソーンの冷笑主義は彼らの心理を代表している。彼らには実は何もない。貧困すらなく、保守主義やカルヴィン主義に代るべき信条もない。それに、三十も半ばとなれば、彼らには人生の道筋も見えている。ケンやベンのような自然科学者なら、自らの限界もよくわかってきている。もしあるとすれば、やがて来るべき「死」への恐怖であり、ピートが強く意識するように「死に近づいていく」だけである。

妻たちもまたその夫たち以上に空虚を持てあまさなければならない。彼らの子供たちはすでに幼児期を過ぎ、小学校に通い、一人で物事の処理ができる年齢に達している。母の自覚が失せて、女としての自覚が再びよみがえってくる。しかし、肉体はすでにうつろいつつある。家事はまずしないし、職業についているわけでもない。そうすれば、唯一の期待は青春の時代に戻ったような興奮を与えてくれるものによって自らの空ろな感情を埋めるほかに術《すべ》はないように思える。彼らの代表のように、ジョージーン・ソーンは庭で裸になって日光浴をしながら、愛人の訪れを密かに待っているが、彼女たちにはそれ以外の期待がはたしてあるのだろうか。

このような夫婦たちは、主人公となるピート（もとはオランダ改革派だったが今は会衆派教会）とフォクシー（監督派教会）を除けば（もちろん、ギャラガー夫妻やオング夫妻のようなカトリック教徒は別だが）一様に教会に行くことをやめてしまっている。これが彼らの反逆の一種のジェスチャーとなっている。その代りに彼らはフレディ・ソーンが言うように「おたがいを教会にした」(7)のである。だが、彼らは仲間だけで教会を構成してしまっている。その集会《コングリゲーション》が週末のパーティであり、その儀式《リチュアル》は彼らの情事や様々な遊戯、そして時には夫婦交換《スウオッピング》という遊びに極まる。

だからこそ、すでに述べたようにこの夫婦たちで作る共同社会では性愛《セックス》が重要な関心事になってしまう。女たちは自分が「良い相手《グッド・レイ》」であるかを常に考え、それを夫に、あるいは情人に証明しようとし、誰それより「良い《ベター》」かを確かめたいと願う。男たちもまた自分が優れた「愛の技巧家《ラヴァー》」であることを実証しようとやっきとなっている。そして、性生活がうまくいかなければ、残された方法は精神分析医との対談診療に通いつめることになる。

もちろん、アップダイクはこの一九六三年という時点での富裕な中年の夫婦たちの性風俗だけを描きだしてみせようというわけではない。彼はこの倦怠した夫婦たちの中に読者を導きいれながら、ピート・ハニーマという異端の主人公を招じいれ、彼の異端がこの共同体にいかなる波紋を投ずるかを描きたいのである。

ピートは三十四歳、赤毛のオランダ系アメリカ人で、体型は小柄ながらがっしりとした建築業者《コントラクター》である。体型に比して、手も足も、そして彼の性器も神様は大きめにこしらえており、いかにも本能者のように行動する。常にピックアップ・トラックを乗りまわし、女たちの家を訪れる。この男ははじめ異端者どころか、このターボックスの夫婦たちが構成する教会の代表的な会員に思えさえする。彼は男たちを集め、バスケット・ボールやタッチ・フットボールなどを計画する中心的人物に思え、仲間の男たちの妻たちを（いや、妻たちからと言うべきか）誘惑していく。

しかし、ピートは他の男たちとは根本的に異質である。アップダイクはその異質性を読者に感じとらせるために（アップダイク自身告白したように、彼もイップスイッチでの異質性を意識したが）幾つかの事実を用意している。たとえば、ピートは教会を信じているわけではないが、幼い頃から「死」を意識し、「罪《ギルト》」の意識をぬぐい去ることができないからただ一人教会に通う。また、彼は他の男たちのように知的でもなく、教養もなく、上流中産階級の出でもない。州立大学さえ中途でやめている。ただ彼は大学教授の娘であり、学校教師だったアンジェラと結婚したことによりこのターボックスの夫婦たちの仲間入りをしたのである。彼は自分ではこの共同社会に入れられたと感じている。アンジェラに「あなたは檻に入れられたけものよ」、と言われ、ピートは「誰が入れたんだ」(8)とやり返している。

ピートはけものであっても、人を傷つけるけものではない。本能的に愛を求め、愛を与えるけものである。彼の情事は妻のアンジェラによって与えられる愛が少ないために愛を他に求めるのであって、他の男たちが演ずる仲間うちでの「遊び」の行為ではない。ピートはアンジェラさえ深く愛しているが、アンジェラがそれにこたえられないまま、二人の間に微妙な隙間が生じてしまっているだけである。

ピートに対して、アップダイクはフレディをその対照的な存在として用意している。彼もまたこの夫婦たちの間で重要な人物である。あらゆるパーティで彼は女たちを魅了する。言葉遣いも上手で、皮肉なウィットに富み、女たちに優しく言い寄る男である。だから誰もがフレディと仲間うちの女性たちとの関係を口にし、推測をたくましくする。しかし、彼は不能者に近い男である。彼は不能な司祭である。彼自身が「教会」と呼んだこの夫婦たちの共同社会を操りながら、「結実」というものを生むことのない儀式を司どるしかない。彼はピートを内心敵視しているが、それは彼がピートの異質性を見破っており、やがては自分の「教会」の定めを破り、その秩序の破壊者となることを予見していたからである。

フレディの予見どおり、ピートはフォクシーを本気で愛してしまい、フォクシーもまたそれに応ずるように彼を愛する。その結果がこの共同社会では許されることのない関係となり、妊娠から堕胎、夫婦の別居へと発展してしまう。これはフレディの「教会」では許されることではない。彼らはピートを追放する。というのも、彼らにとって、性愛は信条でも反逆の手段でもない。それは空虚な現実を少しでも埋めるための手段にすぎない。だから彼らはピートを彼らの「教会」の異端者としたのである。

アップダイクは小説の終りで、ターボックスの夫婦たちは子供たちが成長してきて、自分たちの共同社会の頽廃を悟られないようにと、その春（一九六四年）にはもうパーティは行なわなくなった、と書く。夫婦たちは古きアメリカに反逆して、新しい共同社会を構成するように見えたが、つまりは再び古巣であった上流中産階級の秩序へと戻っていくことになった。そして、彼らによって追放された異端者のピートは孤立をかみしめたとき、自らの生涯が終ったことを知り、ターボックスを去っていく。彼はフォクシーと結婚し、また別の町で建築業者として、一組の夫婦として受けられていくのである。

第七章　壮年期へ
——結婚生活の破綻と離婚

（一）『遠すぎた道程《トゥー・ファー・トゥ・ゴー》』に至る前に

前章で述べてきたように、イップスイッチの生活をもとにアップダイクは長編二作を生みだしてきた。アメリカに登場してきた裕福な郊外族《サバービア》を描いた『夫婦たち《カップルズ》』は一九六〇年代の初期に三十歳前後となっていた名門の大学を出、社会的にも重要な職業につく世代の人々の日常の生活を詳細に描き、彼らが新しい風俗〈生活様式《マナーズ》〉を築きあげていることを示した。

この世代の人々は、彼らが指標としたケネディ大統領夫妻と同様に、それまでの上流中産階級が培ってきた新教主義《プロテスタンティズム》にもとづいた日常生活の規範とは異なる、非常に柔軟な価値観をつくろうとし、夫婦の性生活、日常生活、子育て、社交などを通じて、真剣に立ちむかおうと努めるのだが、大統領の不幸な死と同じように、それに成功したかどうか、不明なままに彼らは後退を余儀なくされてしまう。

アップダイクは、彼らの風俗が六〇年代のアメリカで、激しい変革の時代にあって、新鮮には見えはしたが、「古きアメリカ」に徹底して反逆することができないまま中途半端に終ってしまった実体を書きたかったと思える。アップダイク自身がそうであった。ヴェトナム戦争反対という知的雰囲気の中にあって、リベラル派を自認しながら、敢て反戦を支持しなかった彼はある意味で、ペンシルヴァニアの地方都市出身の普通のアメリカ人であった。ニューイングランドの名門家庭に育ち、いわゆる名門高校《プレップ・スクール》からアイビーリーグの名門大学を出た人間たちとは違う、ハーヴァード大を優等で卒業し、新進の作家として、イップスイッチの裕福な階層の人々にまじって生活していても、彼は異端児であった。

その意識が、彼に『夫婦たち』の中の異端児であるピートを創らせた。性生活を新しい風俗と化し、反逆の姿勢だけを見せながら、時がたてば、再び古いアメリカの規範の中に戻り、昔ながらの結婚生活を守っていく他の夫婦たちと違い、離婚から再婚という新しい生活を求め、新しい人生を模索していくピートをアップダイクは自分の現実と重ねあわせたかったのである。

彼は『夫婦たち』に先だって書き始めていた『結婚しよう《マリー・ミー》』という作品を中途でやめてし

まい、数年ほうっておいたが、後になって、「あまり書くべき題材を思いつくことができなくなったとき」[1]また書きだして、一九七六年に出版している。女主人公のサリー・マサイヤスはアップダイクの二度目の妻となるマーサ・バーンハードと非常に似かよっていたこともあり、おそらく妻のメアリーに遠慮して、書くのを中途でやめ、後にメアリーと別居し、ボストン市内で彼が独居生活を送った七四年に書かれたのではないか、と推測できる。

この作品も、背景となる場所こそ、コネティカット州の海浜の郊外地に設定されているが、冒頭の章「生ぬるいワイン」の広大な砂浜の風景などは、砂丘で有名なイップスイッチに非常に似ている。従って、背景は『夫婦たち』のターボックスとあまり変らない。ただ、ロマンスと自ら銘うったように、題材を主人公となるジェリーとサリーというそれぞれ家庭を持つ男女の不倫から結婚生活の破綻にまで至る恋の物語としながら、アップダイクは結婚という社会制度と不倫《アダルタリ》という古典的な文学的題材に挑戦し、現代における男女の心情を詳細に論じてみせようとしている。

彼はすでに『走れ、ウサギ』で示したように、結婚という制度はある意味で人生の空虚な行為の一つではないかと、描いている。彼はもちろん結婚という制度自体を否定するわけではないが、結婚という場に置かれた男女が時の経過と共に、摘むべき果実を育み、期待するというよりむしろ、人間の行為の空しさの中に二人を縛りつける一種の罠としているのではないか、と描く。ことに、主人公である〈ウサギ〉というニックネームを持つ本能的な若者にとって、結婚生活は自らを囲う兎小屋のように思え、人生において何か優れたもの、自らにふさわしい何かを求める欲求を鎖ざしてしまうものに思えた。だから、彼はそこから逃げだそうと懸命に努力する。だが、社会はそれを許さない。彼はその努力の故につまずいてしまい、逃亡は人間の、そして彼の果たされることのない願望になってしまう。

このように若い時にウサギの願望を書いたアップダイクは自身、二十一歳という若さで二つ年上のメアリーと結婚し、妻を愛しながらも、心のどこかで、結婚生活を自分を束縛しているものと考えていたのではなかろうか。人生の空虚を結婚生活の中で感じながら、その空しさを消すための方法が『夫婦たち』の中で描いてきたように「性愛の儀式」なのではなかったろうか。アップダイクはイップスイッチの生活で、自分と同じような若い知的な夫婦たちを見ながら、自分を含めて、毎週末のパーティ、球技、ダンス、その果ての他の夫婦たちとの不倫を行なうのは、彼らが結婚生活の空虚を消し去るための行為と考えたからではなかっただろうか。

彼にはもう一つ、心的な理由もあった。それは彼が少年時代から意識していた人間の終焉としての「死」への異常なほどに強い恐怖心であった。(2)

死への恐怖とそれに対処する方法というのはいつの時代でも、またいかなる国でも、人間にとって永遠の問題である。かつては人は神仏へ救済を求めたし、社会全体が貧しかった時代には、「より良い生活《ベター・ライフ》」を希求し、それを実現するための営為のうちに、その恐怖を忘れ去ってもいた。しかし、アップダイクが成長し、イップスイッチで生活をした一九五〇年代の後半から六〇年代の時代、ことに彼が共にした裕福な上流中産階層の人々にとっては、表面にこそ出すことはなかったが、人間の終焉の意味が実は深刻な意味を持っていた。というのも、彼らはすでに神を捨て、宗教への信を失い、教会へ通うことをしていない。また、彼らは生活の貧しさからとうに脱却し、アメリカの「成功」神話を人間の成就の証しと考えることもできない。従って、心の底に秘めているはずの死の意識を消し去るために、「生」の歓喜を求めなければならない。そして、その一つが彼らにとっては性愛の成就感であった。当初は自らの結婚生活の中で、それを求め続けるが、それが不調に感じられるようになると、彼らはそれを不倫の情事に頼ることになる。

『夫婦たち』や『結婚しよう』の中で、アップダイクは不倫や夫婦交換を知的で裕福な若い夫婦たちの一種の生活様式《マナーズ》として描いてはいるが、その背景には、彼自身が考えていた結婚という制度への疑惑と、彼個人の「死」と「生」に対する概念が存在していたと考えてよいのではなかろうか。

それにしても、現実的に考えれば、ある結婚から不倫を経て、もう一つの結婚に変るだけで問題の解決につながるのだろうか。別の女性（あるいは男性）を選び、生活を共にするとしても、結婚という制度からは抜け出すことはできない。不倫の際に感じていたはずの性愛による「生」の成就感も、生活という日常の中で消え去ってしまうかもしれない。さらに、アップダイクが書いているように、古い結婚の中の妻に対し、夫が完全に愛情を失ってしまっているわけでもないとすれば、問題はますます複雑となってしまう。

アップダイクは『結婚しよう』で、主人公のジェリーの逡巡、彼の妻ルースの困惑と悲しみを書いてみせるが、その結論を出すことができないまま、曖昧にジェリーの願望としてサリーに「結婚しておくれ《マリー・ミー》」と遠い南の島から口にするというだけで小説を終りとしてしまっている。現実の生活では、結婚生活から、不倫の感情、別居生活、そして裁判から正式の離婚へという手順をアップダイクは踏むことになるが、彼は自己体験を虚構化する作家として、連作のようにして、夫と妻の生活を題材とした短編を描き続けた。それがまとめられるのは、メアリーとの離婚が成立し、新しい妻、マーサと結婚してから二年後、一九七九年のことである。その経緯の物語が『遠すぎた道程《トゥー・ファー・トゥ・ゴー》』として、フォーセット・ブックという紙製版で刊行される。そしてその副題にアップダイクは「メイプル夫妻の物語」とつけた。

(二)　メイプル夫妻

ぼくはいつも思うのだが、この『遠すぎた道程』の「はしがき」を書いたアップダイクの文章がとても素晴らしい。ここに引用させていただく。

メイプル夫妻が初めて登場したのは一九五六年のことで、場所はニューヨークだった。それから七年ほどぼくの視界から姿を消していたが、一九六三年ボストン郊外にふたたび姿を見せ、献血をする物語の主役となってくれた。以後、一九七六年に夫妻が離婚をするまで十二編の物語に登場することとなった。夫妻の姓は楓《メイプル》の木に由来する。それはノールウェイ・メイプルの街路樹におおわれた小さな町で成長し、後にシュガー・メイプルや秋になると燃え立つような色に変るスウォンプ。メイプルの多いニューイングランドに移り住むことになった若かりし頃のぼくが好んでつけた名だ。ぼくにとってはこの名前の響きに、樹木としての純真さ—言うなれば、率直にして豊かに生い繁る緑—がいまだにある。(3)

メイプル夫妻(リチャードとジョウン)が初めて登場したのは、アップダイクが『ニューヨーカー』誌上に発表した「グレニッチヴィレッジに雪が降る」だった。いかにも都会的な洒落た短編で、若い夫婦とちょっと風変りな美女レベッカ・キューンを描いたもので、ヴィレッジの夜の街を騎馬警官が往く様や、そこに雪が降ってくる光景など印象的である。

実は、この若い夫婦はこの年（一九五五年）に英国から帰ってき、『ニューヨーカー』のスタッフライターにむかえられたアップダイクが一時的に住んだリヴァサイド・ドライヴのアパートからヴィレッジの西十三丁目のアパートに移り住んだ時のことを背景としている。

この時点（一九五六年）で、アップダイクがメイプル夫妻を題材として連作を書くことになるということは意識していなかったのでは、とぼくは思っている。それが、アップダイク夫妻がイップスイッチへ移り、子供たちも四人となり、町の主要な住民となって中年夫婦へと成長してゆき、夫婦としての生活に微妙な変化が生じ始めてゆくにつれて、アップダイクは夫婦の心情を虚構化してみたいと考えたのか、ふたたびリチャードとジョウンの物語を書き始めたのではないか、と考えられる。

そして、一九六〇年に「妻を誘《いざな》う」（"Wife-Wooing"）を、六三年には「献血」（"Giving Blood"）を『ニューヨーカー』誌上に、メアリーとの結婚が破綻し始めた六〇年代の後半から「ボストンを行進する」（"Marching Through Boston"）、「金属の味」（"Taste of Metal"）、「恋人からの電話」（"Your Lover Just Called"）、「愛の季節」（"Eros Rampant"）、「昇華」

（"Sublimating"）などが次々に書かれる。一九七二年にアップダイクは短編集の第四作目となる『美術館と女たち』（*Museum and Women*）を出版するが、その後半に「メイプル夫妻」と題をつけた部分を設けて、「ボストンを行進する」からの五編をまとめた。この時、彼は初めて、メイプル夫妻の物語を連作としていることを明らかにしたのである。その後も彼はメイプル夫妻に関わる短編を書き続けた。『ニューヨーカー』誌に九編、『ハーパーズ』誌に三編、その他の雑誌に四編、すべてで十六編、そして彼は「離婚―断章」（"Divorcing: A Fragment"）という書きおろしの一章を加えて、『遠すぎた道程』として世に問うた。自分とメアリーの生活をモデルとしたアメリカの夫婦の物語としたのである。

（三）　齟齬の感覚

自分にとって完璧な女性と若かったアップダイクは考えたが、メアリー・ペニングトンは果たして完璧な妻であったのだろうか。二十一歳という若さで結婚した彼は二歳年上のメアリーを愛し、非常に尊敬している。だが、それだけに彼女は夫婦という組合せの中で支配的でもある。結婚してから一年ほどの頃を素材として書かれた「死に瀕した猫」（"A Dying Cat"）の中で、主人公デイヴィッドが妻の出産につき添う場面がある（実際にアップダイク夫妻は一九五五年春にはオックスフォードに留学し、そこで長女のエリザベスをもうけている)。そこでは妻が陣痛の最中《さなか》にあって、若い夫(デイヴィッド)の食事のことを心配したり、子供が生れたら、誰それに電報を打てとか、指図をしたりしている。アップダイクはその場面をごく自然に書いて、若い夫婦の当然の情景、女性の逞しさに比して、男性の驚きと敬意をさりげなく書きこんでいる。

また、『遠すぎた道程』の第一章にあたる「グレニッチヴィレッジに雪が降る」では、英国から帰ってきたメイプル夫妻がヴィレッジに移ってきて、新居に初めて客(レベッカ・キューン)をカクテルに招く夜のことを描くが、その冒頭で、アップダイクは主人公のリチャード・メイプルを次のように表現している。

彼(リチャード)はジョウンと結婚してもう一年以上になるが、あまりにも若く見えるので、お客に来た人たちは本能的に彼に主人役《ホスト》を期待しない。……飲物を注いでまわるのはいつもジョウンの役となり、彼はいかにも楽しそうに、そして最も親しい客のような顔をして、ソファにゆったりと座っている具合だった。(4)

アメリカの家庭でのパーティでは、客が到来しはじめると、まず主人役の夫が飲み物の世話をするのが仕来たりである。料理は妻の手造りだが、客を迎え、(冬季なら)コートを取ってあげたり、食卓で大きな肉類（例えば丸焼きのチキンやターキー、さらにローストビーフや大きなステーキ）を切り分けて、皿に盛るのも夫の役割である。従って、主人役であるべきリチャードがまるで客のようにソファに座っているなど論外である。彼はふだんは妻に完全に主人役を譲り、自ら家庭の主導権を放棄しているのに等しい。

しかし、この夜は違う。レベッカというこの夜の客は妻の友人であるが、妻とは違った一風変った魅力を発散する女性である。リチャードは彼女を迎えるために、甲斐がいしく主人役を演ずる。アップダイクは何も書きはしないが、リチャードがレベッカを前から知っていて、彼女に妻とは異なる「女らしさ《フェミニティ》」を見てとっている。それが冒頭の部分で書かれる「レベッカのコートの軽ろやかさ」を感じとるリチャードの感情に作者はさり気なくそれをこめている。

どのように非の打ち所のない女性でも、結婚して妻となると、男である夫にとってその完璧さがかえって瑕疵《かし》とさえなる。結婚して間もないジョウンも（その晩は風邪気味で、あまり動かないので）主婦然として堂々と落ちついては見えるが、まだ独り身で、自由奔放に暮しているらしいレベッカと対照的に女性の魅力を失っているように思える。

この作品の主題は、レベッカの奇矯な魅力にリチャードが真面目一方の妻と比べ、大いにひかれていく心情を描きだすことにある。不倫とまではいかないが、男が妻とは違う女性に魅了されていく感情を作者はレベッカの席を占める姿勢、ジェスチャー、その話しぶりなど、巧みに描いて、ヴィレッジの街に降ってくる雪を背景に演出してくれる。

アップダイクは現実の生活の中でも、妻のメアリーに家庭の主導権を渡し、甘える年下の夫として、比較的自由に振る舞い、イップスイッチの共同体の中で、他の女性たちに恋愛遊戯《フラーテイション》をしかけていたふしがある。「下取りに出した車」（"A Traded Car"）という短編をアップダイクは一九六一年に書いている。これはデイヴィッド・カーンを主人公とした自伝的なエピソードをもとにしたエッセイ風の小説だが、そこで作者は英国で生れた娘がもう六歳になっていて、「新しい車にかえろ」[5]と口うるさく言うので、英国から帰った際に買った愛車をついに手ばなすことにしている。

そして、デイヴィッドは新しい車がくるまでの猶予期間を「神の恩寵《ゴッツ・グレイス》」の時と考え、自分の好き勝手なことをやってのける、と決め、あるパーティでの夜、妻ではない女性にかなり熱烈な恋の遊びをしかける。しかも、それに相手の女性も応えて、二人は踊りながら、おたがいの感情を確めあうように愛撫のような仕種をくり返す。その夜、彼は興奮さめやらぬまま、妻を求め、そして妻もそれに激しく応ずる。そのような事をアップダイクは実に丹念に描いている。

この一九六一年の頃、アップダイク夫妻は結婚してすでに七年の歳月が経過している。前の年の暮に四番目の子供、ミランダが生れている。四人の子供を抱えての生活で、メアリーは少々結婚生活に疲れたのだろうか。アップダイクを驚かせることを提案している。彼はそれを、自伝の中で、次のように書いている。

……一九六〇年の暮に四番目の子供が生れて、家の中がいろいろゴタゴタし、ぼくが手を貸さなければいけないほど、細かい事柄はしょっちゅう起こった。そして、メアリーは毎日ぼくのためにお昼の支度をするのがいやになったと言い、ぼくは驚いてしまった。ぼくの存在などもう実はあまり必要でもない、と言うのだった。それで、ぼくは家から四区画ほど離れた所、町の中心部に部屋を借りて、仕事場にした。(6)

前に書いたように、アップダイクは非常に規則的に仕事をする人で、しかも必ず午前中に書き物をする。イップスイッチでは当初十七世紀風の古い家を購入し、その屋根裏部屋のような書斎で小説を書いているが、一九六一年から、ランプロポウロス氏という老人の所有する家の一部屋を借りて書斎とするようになった。そして、午後は家族と合流している。その事を彼はこう書く。

夏など、人生いかにも幸せに思えたものだがぼくは三、四時間ほどタイプライターにむかって仕事をし、それから階下《した》へ駆けおりる（階下はレストランだった）。それから妻と四人の子供たち（みんな水着を着て、プクプクと太り、陽焼けしている）が乗ってきたステイション・ワゴンに飛び乗るのだった。(7)

たしかに、幼な児たちを四人も抱え、主人がずっと家にいて仕事をしているというのでは、妻としては昼食の支度までは面倒と思うのは当然かもしれない。しかし、その提案に夫婦間の愛情に微妙なズレを夫が感ずるのもまた自然の理《ことわり》でもある。アップダイクは『自意識』の中で書くように、妻の申し出に実は「驚いた」のであり、初めて彼は二人の間にあった完璧な状態に少しひびが入ってきたことを意識している。ちょうど、その少し前、彼は「妻を誘《いざな》う」（"Wife-Wooing"）という短編を発表している。一九六〇年、結婚して七年を経た頃の自分の生活をもとにしていて、これを『遠すぎた道程』の第二章としている。

この短編では、リチャードとジョウンは結婚してから七年、すでに三人の子供を抱えた中年の夫婦となっている。日曜日の夕刻、リチャードは午前中に教会で讃美歌の伴奏をピアノで弾いていたジョウンに強い愛情を感じ、新婚の時を想い、子供たちと共に簡単なハンバーガーの食事をすませて、ジョウンをベッドに誘う想いでいっぱいである。中年になった夫がまだ妻を恋し、処女《おとめ》を誘うようにあれこれと気を遣い、妻を求めようとする心情を作者は巧みに、そして文学的に描くのだが、現実の妻はすでに四番目の子供を宿しており、三人の子供の世話と家事で疲れ切って、夫の抱いた愛情に応ずることができない。拒まれた夫は傷つき、翌朝になって、妻が前夜とはうって変って「醜いのにほっとする……朝食を用意する顔にしみができているし、豊満さが消え、ただ太って見えるだけ[8]」と感じてしまい、「七年の歳月がぼくのこの女をすっかりすりへらしてしまった[9]」と、愛の感情をしぼませてしまう。物語は、実はその晩に妻が積極的に夫を求めてき、夫に思いがけない至福の一刻《ひととき》を与えるということで、めでたく終る。

しかし、現実のアップダイク夫妻はどうであったのだろうか。翌年の一九六一年に彼が書斎を家の外に持つようになってから、彼の他の女性への関心は次第に強まっていったのではなかろうか。

この連作の三番目におかれた「献血」（“Giving Blood”）は一九六三年に『ニューヨーカー』誌に発表されているから、その年の前年頃に書かれたと推測される。そしてこの中でリチャードが相手にしている女性がマーリーン・ブロスマンとなっている。六番目におかれた「金属の味」（“The Taste of Metal”）では、エリーナー・デニスであり、「妻を待つ」（“Waiting Up”）ではメイソン夫人（これは名前を出していないが、『結婚しよう』の中の場面と類似の箇所があるので、サリー・マサイアス、つまり、二度目の妻となるマーサ・バーンハードのモデルとなる女性）などと、彼の恋愛遊戯は派手で、メアリーもそれを黙認していた風でもある。しかし、それはイップスイッチの社交生活の中ではごく当り前のことであったのかもしれないが、アップダイク夫妻にとっては深刻な問題となっている。

四番目におかれた「ローマのトゥイン・ベッド」（"Twin Beds in Rome"）は一九六六年に発表されているが、その冒頭から、夫妻が別居について、真剣に考えていたことが書かれる。

……（二人は）話をすればするほどに次第に愛と憎しみがまじりあい、言葉は刺すほどに痛烈となり、それでいてなじりあっては慰めあい、攻撃しては愛撫しあうの繰り返しとなり……仕方なくかえって前よりも固く結ばれるという仕儀となっていた。[10]

実際にアップダイク夫妻が別居を決断するために二人でローマを訪れたのかどうか、伝記では実は明らかではないが、この短編や、「父の涙」などから推測するに、二人でローマを旅したことはたしからしい。そして、この短編が発表された一九六六年の頃、アップダイクにはマーサという愛人ができていて、真剣にメアリーと別れることを考えていたようである。しかし、この短編で書かれているようにメアリーの方は必ずしも別れることを決意していたわけではない。アップダイクの分身であるリチャードは「いつもジョウンに幸せであって欲しいと願っていた。だからこそ、もしも自分が別れてしまったら、それをはっきりと確信することができないではないか。別れるためのドアはすべて開かれているのに、この最後のドアだけが思いがけないほど固く閉ざされていて、彼の行手をいつもふさぐ[11]」、と考える。

リチャードはあまり別れる意志のないジョウンを慰め、別れの意味を理解させようとして、ローマへ二人して来たのに、そこに着けば、彼はまたジョウンに子供のように扱われてしまう。見物の間も、彼は新調の靴が合わずに痛みを引きずりながら歩き、ついにローマで靴を新調する始末となる。また路上で買った有名な焼栗が彼に合わなかったのか、ひどい胃痛を起こし、見物もそこそこにホテルに戻って寝ることになる。リチャードは一時間ほどして、眼を覚ますと、痛みは消え、すっかり元気になり、二人はまたローマの町へ繰りだしていく。

ただその間に、ジョウンに変化が起きている。彼女は夫と別れることを決意したのだ。二人共にそれに気づく、そう決めれば、女は自由になる。リチャードは妻であったジョウンがその話し方、仕種などの一つ一つに新しい女を見、何やら嫉ましい気持ちにさえなってくる。

実際のアップダイク夫妻はそれからおよそ十年近くも別居しないままイップスイッチでの生活を続けている。精神的には、二人はすでに別々になっていながら、結婚生活を続けアップダイク自身はその十年ほどの間、着実に創作を続けている。長編としては『ケンタウロス』(一九六三年)、『農場』(一九六五年)、『夫婦たち』(一九六九年)、『帰ってきたウサギ』(一九七一年)を発表している。しかも『ケンタウロス』で全米図書賞を得、『夫婦たち』は発表の年に一年じゅうベストセラーリストに名を連ね、彼を裕福な名士に仕立てている。世界的にも名声は広がり、国務省の文化交流使節の一員に選ばれ、ロシアから東欧諸国(「ブルガリアの閨秀詩人」はこの際の体験をもとに書かれたいわゆる「ベック」シリーズの第一作となっている)、さらには南米からアフリカの国々をメアリーと共に訪れて、講演をしている。

にもかかわらず、アップダイクは「死」の恐怖から逃れることはできていなかった。自伝の中で書くように「この安らぎの感覚が永遠に続くという幻想は(イップスイッチの)社交生活《クラビーネス》による―つまり、同じ種族、同じ村人たちがたがいに与えあう安心感による」、と考え、本当は時が着実に死にむかって進行しているという恐怖心があるのに、「人は軍歌や汗の臭いに吾を忘れた行軍の兵士たちのように(死にむかって)ひたすら前進を続ける」[12]と彼は意識せざるをえない。

アップダイクにその意識を忘れさせてくれたのが「週末に集う遊びやパーティであり、それがあるから、また次の一週間を生きのびる」、とも書いている。アップダイクはこの社交生活を「生」の証しとでもするかのように、虚構作品の中でリチャードの（そしてまたジョウンの）恋愛遊戯として描いてみせた。

六番目におかれた「金属の味」では、彼がエリーナー・デニスという美脚の持主で、離婚寸前の女性に魅せられている挿話が語られている。そのエリーナーは夫と別居中だから、単身でパーティに来ている。デニス夫妻とメイプル夫妻は親しい間柄であるから、ジョウンの助言で、雪となったその夜、リチャードは自分の新車の助手席に彼女を乗せ、後部座席にジョウンを座らせて帰途につく。彼はまだ酔いが残っており、しかも、隣に座ったエリーナーを意識して、調子に乗って、車のスピードをあげていく。危険なカーヴと定評のある道へきて、ジョウンに注意されたのに、彼は速度を緩めずに、つい車をスリップさせてしまう。

車はそのまま電柱に激突し、電柱にからみつくようにボンネットをのめりこませてしまう。脚の痛みをこらえ、リチャードが車外に出て、ジョウンの手を借りて、車を後退させようとするが、車はびくともしない。ジョウンは通りかかった青年の車に乗せてもらい、援けを求めにいくが、その間に、助手席に動けなくなったように見えたエリーナーがリチャードに抱きついてき、彼もそれに応じて彼女の身体を愛撫し、パトカーが現われるまで、二人はじっと抱きあったまま、という結末となっている。

リチャードには「献血」の中で夫妻の会話の中で登場してくるマーリーン・ブロスマンという恋愛遊戯のお相手となる女性もいる。いや、彼にはもっと真剣に愛している女性もいる。ジョウンもそれにはうすうす感づいている。それが「妻を待つ」(“Waiting Up”)というこの連作の八番目に登場してくるメイソン夫人である。この女性こそ、実はアップダイクが再婚の相手に選んだマーサ・バーンハードであろうと推測することができる。メイソン夫人のファーストネイムはここでは出されていないが(この点もかえって、真の愛人という推測がでてくる理由にもなる。このメイプル夫妻の連作の後半に、一度だけ、ルースとして彼女の名前が出てくるが、それまでは、ジョウンが「恋人からの電話」(“Your Lover Just Called”)で言及する「その女《ザット・ウーマン》」であり、彼女が夫にむかって真剣に怒りだし、「男らしくその女の所へいってちょうだい」(13)と声を荒げる対象の女性がおそらくメイソン夫人(つまり、マーサ)と思える。また、この連作には入っていないが、一九七六年に『ニューヨーカー』誌上に発表された「アメリカの家庭生活」(“Domestic Life in America”)に妻と別居中の主人公フレイザーの愛人で、イップスイッチに住むグレタという女性が名前だけで登場するが、これもマーサではないだろうかと推測することができる。

リチャードはこのメイソン夫人なる愛人を次のように回想している。彼が愛人である彼女を家に訪れたときのことである。

……（彼を待つ）その家《や》の女主人は階段の上で全裸の姿で立っていた。眼も眩むような歓迎―窓から流れこむ朝の陽光を肩口からいっぱいに受けて、美しい肌の表面が燃えたように見えていた。[14]

この女性がマーサ・バーンハードを頭において、アップダイクが書いていたと考えると、妻のメアリーとの差と共通事項が明確になってくる。何度か書いてきたように、メアリーはアップダイクより二歳年上であり、メイプル夫妻の物語の端ばしで見られるように、結婚の当初から彼女が家庭生活での主導権を握っている。彼女が知性的には抜群で、アップダイク自身が対談などで認めているように、彼の作品の最初の読者であり、最高の批評家でもあった（結婚後、彼女は『アトランティック・マンスリー』誌の第一査読者の職を得ている）。主婦としてもメアリーは四人の子供を産み、育て、週末のパーティを切り盛りし、イップスイッチの若い夫婦たちの尊敬の的である。その上に、彼女は国や社会の事柄に関心の強い女性で、人種差別反対、共同社会の改善などを行動で示す社会派である。

彼女に比べると、知的な面ではマーサもメアリーにひけを取らない。メアリーのように、シカゴ大の附属校から東部の名門校バッキンガム・スクールを経て、ラドクリフ（ハーヴァード大の女子校とかつて考えられていた）女子大を卒業したというエリート経歴こそ持っていないが、東部の名門大学の一つであるコーネル大学で学び、在学中にはウラジミール・ナボコフの指導を受け、彼からその才媛ぶりを愛されたという女性である。その後、修士号を取得している。知性という点では、メアリーと肩を並べることができる。

ただメアリーと異なって、マーサはアップダイクより五歳も年下であり、背丈もメアリーよりは少し低い。そして、何よりも、アップダイクが小説の中でサリー、メイソン夫人（ルース）、グレタなどという女性たちの描写で描くように、性愛について非常に積極的で、三人の子供を持つ母親とは思えないほどに若々しかった。

アップダイクはこの連作の十二番目に置いた「昇華」（"Sublimating"）で書くように、その時点でメイプル夫妻は結婚して十八年となっている。アップダイク自身の現実に合わせると一九七一年となる。翌年には夫妻はヨーロッパを旅し、その折に父親がプラウヴィルで亡くなっている。この辺りから、二人は性愛上でもうまくいかなくなっていたのであろう。「昇華」は二人の間柄がギクシャクしているのは、性愛上のことからくる不満による、と考えて、一時性交をやめてみようという物語となっている。

（四）別居、そして離婚

『遠すぎた道程』のリチャードと同様に現実のアップダイクにもイップスイッチに真剣に愛するマーサという女性ができていて、長い間連れそってきたメアリーと別れなければならないと考え始めていたようである。また、メアリーの方も、夫以外にいろいろと情事に近い異性関係があったようで、それを伺わせる挿話がメイプル夫妻の連作の中で紹介されている。連作では、ジョウンはかつての精神分析医と関係があったこと、エリーナーの夫であるマック・デニス、そして週末のパーティ仲間のフレディ・ベターやハリー・サクソンなどとの事など、彼女の口から語られている。この時代（一九六〇年代）のアメリカは急激に解放・改革がなされていて、上流中産層に属する知的郊外族《インテレクチュアル・サバービア》の中年の男女たちは前時代に反発するように性愛を含めた恋愛遊戯を新しい生活様式《マナーズ》としていたようである。

メアリーは合理的な女性で、夫であるアップダイクの女性関係をそれほど深刻には考えていなかったようであり、同時に自分の不倫を一種の遊びと意識し、夫と別れるなどは考えていなかったらしい。

この点について、アップダイクは「昇華」の最後の場面で、メイプル夫妻という虚構を借りて、書いている。そこではメイプル夫妻がマック・デニス（新しい妻を迎えている）夫妻のパーティから深夜に家に戻ってき、ベッドに入るが、リチャードは別居して家を出た後の心得に、庭の芝生の手入れのことを話しだす。すると、ジョウンは「もうやめて」と言いだし、泣きだしてしまう。アップダイクは「昇華」の中では夫妻が別居するということは何も述べていない。ただ、性愛が二人の中を割いている、とも考え、それを止める試みをしている、と書いているだけである。しかし、ジョウンは「別れ」をすでに察知していて、その言葉についで、自分がすでに死んでいる幻影《まぼろし》を見る、と話している[15]。アップダイクは虚構として書いているのだが、間接的にメアリーが心から別居を望んでいたのではないことを示唆しているように思えてならない。

実際に、この「昇華」から一章おいて収められている「別居」(“Separating”)という作品の中では、ジョウンが別居という現実を四人の子供たちを理由にして、時期を春から夏にまで延ばすことが書かれている。アップダイクはそれを次のように書いている——

……二人の(別居の)話し合いは遅々として進まず、まわりの自然を見ることもなく、ただ悲しく苦しみを呟き続ける二人だけが自然の中の唯一の汚点のように見えていた。……二人はこれまで何度も何度も——コーヒーを前にし、カクテルを飲みながら、そして食後のブランディを啜りながら——暗い顔をして話し合ってきた[15]。

そして、続けて、リチャードは復活祭《イースター》のときに実は別居を実行しようと考えていたのだが、ジョウンが待ってくれと言ってきかなかった。その理由は、四人の子供たちがそれぞれの寄宿学校から帰ってき、期末試験やら卒業式が終るまで、つまりは夏の休みが始まり、彼らが落ちついてからにしてくれ、と言ったために、別居は延びのびになっていたのだが、長女のジュディスが留学先のイギリスから帰ってきて、すっかりまたアメリカでの生活に慣れた頃を見はからって打ちあけることにした。

それから下の二人に。ジョウンとリチャードはきわめて冷静を装って、二人共に、子供たちのことは深く愛しているのだが、おたがいのこれからの幸せを考えての決断だ、と説得していく。

この辺り、アメリカの家庭と合理的な物の考え方は非常にリアリスティックで、おそらく現実のアップダイク夫妻にも同じように四人の子供たちがいたので、似かよった事柄を体験したのであろう。

別居から離婚というのは、エネルギーの要るものである。日本の夫婦のように、喧嘩別れで、夫が（あるいは妻が）家を出ていくというわけにはいかない。リチャードの例はアメリカの家族の典型であろうが、別居となれば、男がすべき家まわりの仕事（芝生の手入れ、地下室の整理、季節ごとの窓、網戸の入れ替えなど）をすべて済ませておかなければならない。しかも、子供たちにも別居の事とその理由を説明してやらなければいけない。

ロンドンから帰国したジュディス、それに下の二人の子供たちに夫婦はうまく別れ話を告げたのだが、最後にリチャードが男同士、今は大学生になっている長男のディッキーに話をすることになる。その夜、ディッキーは友人たちとボストンでのロック・コンサートを聴きに行っており、深夜に帰ってくる彼をリチャードは駅まで迎えに行く。彼は車の中で、息子に別居のことを打ち明け、その反応を見る。幸い、ディッキーは大人として大したこともないように受け止めてくれて、リチャードは内心ほっとしている。しかし、実際は、ディッキーは父と母の別居を心から悲しんでいたのである。最後の場面はこの作品の最も感動的な部分となっている。リチャードは自分がベッドに入る前に、昔のように、ジョウンと共にディッキーに「お休み」を言いに行き、彼は少年の頃のディッキーに話しかけるように「ディッキー、ぼくはおまえのことが大好きだよ。こんなにおまえのことを愛しているなど、気がつきもしなかった。今度のことがどういう結果になろうと、ぼくはいつまでもおまえのパパだからな。ほんとうだぞ。いいかい」と、言っている。

続けて、アップダイクはこう書く。

リチャードは横にそむけていた息子の顔にキスをしようと身体をまげた。だがその時、がっしりしたディッキーが彼のほうをむき、涙に濡れた頬を押しつけてしっかりと彼に抱きついてきて、女性がするように情熱をこめて唇にキスをしてくれた。そして、耳許で「なぜなの？」とうめくように言った[17]。

この「なぜなの？」の一語は鋭い刃のようにリチャードの胸に打ちこまれ、この短編の最後をしめくくり、夫婦の別れは子供たちにとって、死別のように悲しく、外面的に受けとめているものとはまったく違い、思わず「なぜ」と問いつめなければならぬほどに厳しい現実であることを示唆している。

終章　人生の「再生《リサイクリング》」へ

メアリーがどのように考えていたにせよ、アップダイクは自分の決意を変えることができなかったようである。一九七四年の九月、夏が終りを告げる頃、彼は二十一年に及んだメアリーとの生活に区切りをつけるべく、ボストンにアパートの一室を借り、居を移す。新居はボストンで後に有名となるガラスの壁面を持つ高いビルの見える街の中心部に近いビーコン街にあった。この移転時の状況をもとに連作の十五番目におかれている「ジェスチャー」("Gesturing")が書かれている。

この短編から察すると、アップダイクのボストンのアパートには愛人だったマーサ、そして妻のメアリーも別々ではあるが度々訪れてきたようである。その事は、リチャードを訪れてくるジョウンとルース（メイスン夫人）という二人の女性が残してゆく痕跡の描写から推測できる。リチャードは二人が帰った後、いつも部屋を片付けるのだが、愛煙家の二人が灰皿に残していった煙草の吸殻の山から、ジョウンが理詰めで、几帳面な性格故に、彼女の吸殻がきれいに「まるで水仙をいけた水盤に並べた小石のようにきちんと」置かれているのに反し、ルースの吸殻は灰皿に「だらしなく積みあげられた死体[1]」となっている。そして、彼はそこにそれぞれの女性（の実体）を見る。おそらく、それはアップダイクの部屋を訪れたメアリーとマーサの現実だったのであろう。

　また、後に一九八〇年代になって発表される「アメリカの家族生活」に書かれているように、アップダイクの方も、イップスイッチを訪れて、マーサ（すでに夫と別居していたらしい）の家に泊まり、メアリーの家（かつての自分の家）を訪れていることが伺われる。この小説では、男はフレイザーとなっているが、かつての自分の家や子供たちのことが気になって、いわゆる「男の仕事」である地下室《ベイスメント》の点検やら、二重窓《ストーム・ウインドウ》（冬には雪に備えて二重窓に換える）のはめかえなどをやる姿が描かれている。恐らくこれも、アップダイク自身の姿を小説化したものであろう。

　しかし、別居して、夫婦間の具合いを見てみようと考えたのはアップダイクの方便であったのではあるまいか。彼は「ジェスチャー」で書くように、愛人であるルース（マーサをモデルとして）は「愛であり、生命」という存在となっており、「彼女を愛してやまぬ[2]」と意識している。これは、ジョウン（メアリーの分身）がためらい、逡巡する姿とはまったく異なる。アップダイクはこの一九七四年、ボストンへ移った時点で、彼女と一緒に生活していては自分の「生」を充実し得ない、とすでに考えていたのである。

しかし、ディッキーの発した、「なぜなの？・《バット・ウワイ？》」という疑問の鋭い刃は父親であるアップダイクの心に残ったはずである。日本の読者であるぼくにはなおさらに強く残る。文化の違いか、アメリカの夫婦たちは自分自身の幸せを何よりも大切にしている。家族や世間体のことを考えないわけではないだろうが、究極には個人としての自分を、そして自分のこれからの「生」の充実感を選択する。一般化してはいけないが、それがアメリカの現実である。リチャードも息子の「なぜなの」の言葉が鋭く、「突き刺された小刀《ナイフ》」の刃のように受けとめながらも、彼は〈なぜ〉なのかとうの昔に忘れてしまっていた、とアップダイクは書き、この小説を結ぶのである。

しかし、作家としてのアップダイクにはもう一つ理由があったのではなかったろうか、とぼくは考えている。

二十歳前後から自らの原体験と創造の才によって文壇に華々しく登場する作家はえてして四十歳の前後で急に作品が書けなくなるということがある。作者の〈著述困難《ライターズ・ブロック》〉という現象で、作家の普遍的な病いである。アップダイクと同世代のジョン・バースもそれを意識し、題材の枯渇に苦しみ、二十歳代に英雄であった勇者が四十を迎え、もはや英雄的偉業が至難となった様を『怪獣キメラ』で比喩的に描き、それによって自分自身の苦渋を戯画化した。そして、彼は自らの再生を目指して、四十歳を目前にして、かつて自分が書いてきた作品の主人公たちを一堂に集めて、「再生《リサイクル》」を試みた。これが大作となった『レターズ』であり、バースはこの作品に三十九歳からおよそ十年を費やし、作品が完成した後は自らも再婚し、再婚の自伝的小説を書くことに専念し、自分自身の「再生」を計ったのである。

アップダイクも彼の少年時代から二十代、そして三十代までの成長の過程で体験してきた彼の言う題材の「鉱脈」がもう残り少ないことに四十歳を目前にして気づいていたのではなかろうか。彼が「ブルガリアの閨秀詩人」で登場させた作家である主人公のベック氏を書いたとき、自らをモデルにしながら、かつて自己の分身としてアップダイクが描いてきたデイヴィッド・カーンやリチャード・メイプルという、自分を忠実になぞった主人公たちと違い、ベック氏がきわめて異なることに読者は気づかれるはずである。ベック氏はアップダイクの分身でありながら、はるかに戯画化され、もうペンシルヴァニアの田舎町出身の秀才というイメージはない。アップダイクはこの時点で、かつての自分の作風から離れて、新しい境地を求めようとしているのがわかる。その後も、彼はベック氏を主人公とした短編を書き続け、バースと同様に、四十代以後の自分の再生をはかろうとしている。

これはイップスイッチでのメアリーとの結婚生活の終焉とも時を同じくしている。メアリーとの心理的・物理的齟齬を意識しながら、アップダイク夫妻は共にロシアから東欧に旅をし、たがいに愛人を持ちながら、別居の決断ができないでいる。だがこの頃すでにアップダイクは三十代の後半に入っていて、ベック氏を小説に登場させ、ペンシルヴァニア出身の大統領、ジェイムズ・ブキャナンの資料調査に手をつけ始めている。ホーソーンの『緋文字』のパロディとも言うべき三部作の構想を頭に描き始めたのも、一九七〇年代（彼の三十八歳）ぐらいからであろう。また同時に、メアリーと共にアフリカにフルブライト基金の講演者として旅をすると、彼はアフリカに関わる資料をいっぱい手にして帰国し、『クーデタ』（*The Coup*, 1978）を出版している。

以後、彼の「ウサギ」シリーズの後半部となった『金持ちになったウサギ』（*Rabbit is Rich*, 1981）、『さようならウサギ』（*Rabbit at Rest*, 1996）を除けば、彼の長編小説はいずれもかつての彼の題材の「鉱脈」から離れたものである。

メアリーとの別居から離婚へと至る背景には、アップダイクの作家としての再生をはかる意図も隠されていたのではないか。誰もそれを指摘していないし、またアップダイク自身、それを認めてもいないのだが。

アップダイクとメアリーは一九七六年、マサチューセッツ州に「双方合意《ノーフォールト》」によって離婚が成立するという法が成立し、それによって正式に離婚をする。アップダイクはその翌年、マーサ・バーンハードと結婚し、イップスイッチから西へ十マイルほど入った地にあるジョージタウンという小さな村の中心部に家を求め、マーサの子供三人と同居することになった。彼はすぐに、その家に翼のように張りだした平屋の書斎を建て増しして、書斎《オフィス》として作品を書き続けた。

アップダイクはその後、一九八二年にボストンの北東にあるセイラムより少し北のベヴァリーファームズの地に新居を移している。この家は豪壮な古い家に手に入れたもので、まさにアメリカの代表的な作家の住まいにふさわしいものだった。一九八〇年代から九〇年代、アップダイクはさらに精力的に著作を続け、同時に国から、あるいはアメリカ文芸協会から、名誉ある賞を受けている。だが、短編の幾つかを除いては、もうペンシルヴァニアの田舎町、ニューイングランドの海浜の町をモデルとした彼の題材の「鉱脈」からの長編小説を手がけることはなかった。そして、ベヴァリー・ファームズにおいて、肺癌のため二〇〇九年の一月二七日に七十六歳で亡くなっている。

注

序章

（1）一九七八年の六月、マサチューセッツ州ジョージタウンのアップダイク家を訪れ、新潮社『波』に掲載するための対談を行なった。これは後に英訳され、対談と共に *Conversations with John Updike*, ed., James Plath (Jackson: University Press of Mississippi, 1994) に収録されている。(Iwao Iwamoto "A Visit to Mr. Updike", pp. 115-123.)

（2）一九九二年、十一月十六日ウィスコンシン大学ミルウォーキー校の二〇世紀研究所の主催で、アップダイク氏は夫人と共に来学された。夜はディナーの後、講演と朗読をされ、その後深夜まで長蛇の列をなすファンのサインに応じていた。

（3）John Updike, *Self-Consciousness: Memoirs* (New York: Alfred A. Knopf, 1989), p. xi.

（4）原題は *Being There*　Jerzey Kosinski の小説を映画化したもの。原作は一九七一年に発表され、当時大人の寓話として大評判となった。

（5）*Self-Consciousness*, p. 24.

（6）*Ibid.*, p. 41.

（7） *Ibid.*, p. 103.
（8） David Malouf, *12 Edomondstone Street* (London: Chatto & Windus, 1985), p. 3. "Menory plays strange tricks on us."
（9） *Ibid.*, p. 5.
（10） Theodore Dreiser, *Dawn* (New York: Boni & Liveright, 1931), p. 295. "And when I kissed my mother good-bye, I did not do so with any great regret," この前の引用なども、同書の同頁から。
（11） *Ibid.*, p. 296.
（12） Theodore Dreiser, *Sister Carrie* (Cleveland & New York: The World Publishing Co., 1946), p. 3.
（13） *Ibid.*, p. 1.
（14） *Self-Consciousness*, p. 88.
（15） "Trust Me" in *Trust Me* (New York: Alfred A. Knopf, 1987), p. 4.

第一章

（1） *Conversations with John Updike*, p. 221.
（2） Paul Johnson, *A History of the American People* (New York: Harper Perenial, 1999), p. 64. ウィリアム・ペンとペンシルヴァニアに関わる記述は、この本と共に、*The Columbia Encyclopedia* に依拠している。
（3） John Updike, *Rabbit, Run* (New York: Alfred A. Knopf, 1982), p. 113.
（4） 写真で示したように、かなり大きな家で、著者が一九八六年に訪れた時は、ある医師の住居となっていた。

（5） *Self-Consciousness*, p. 27. ここにアップダイクは "My mother had been a belle of sorts, flashily dressed by her father in his palmy period." と述べている。お嬢さん育ちで、気の強い、個性の強い女性だったことがうかがえる。

（6） *Ibid.*, p. 167.

（7） *Ibid.*, p. 180.

（8） John Updike, *Golf Dreams* (New York: Alfred A. Knopf, 1996), p. 24.

（9） John Updike, *Assorted Prose* (New York: Alfred A. Knopf, 1965), p. 191. この本の「銀の都に澄んだ目を」の中で、次の文章がある。"Quin is a go-getter," he said, gazing over my head. "I admire him. Anything he wanted, from little on up, he went after it. ... "You are the same way."

（10） *Self-Consciousness*, p. 210.

（11） *Ibid.*, p. 29.

第二章

（1） *Self-Consciousness*, p. 84.

（2） *Ibid.*, pp. 11-12. 「幼ない頃のぼくの母の印象は若くて、ほっそりとした女性だということだった……それは母がレディングで大きな百貨店ポマロイズの布地類売り場で店員として働いていた日々の記憶からだった」と記している。

（3） *Ibid.*, p. 84. 「母の怒りがぼくにむけられることはまずなかった」とある。

（4） *Ibid.*, p. 28. アップダイクはここで証言しているが、その直前に母が衣服は Croll & Keck という店で、靴は Wetherhold & Metzger という店で買ってくれたと記している。当時アメリカの小さな町では商店でも社会階層の意識が反映されていた。上層の人々はある特定の店で必要品を調えたものであり、どこの店で物を揃えるかで、その人々の社会的階層が問われていた。

（5） *Ibid.*, p. 46.

（6） アップダイクは自分をモデルとした少年主人公たちにいろいろな名前を使っているが、好んでいたのは David ではないか。長男にこの名前をつけている。Allen や Peter もその一つ。

（7） John Updike, "Flight" in *Pigeon Feathers* (New York: Alfred A. Knopf, 1962), p. 50.

（8） アップダイクは美術館を訪れるのが大好きで、どこに旅をしても、その地の美術館を必ず訪れている。その結果、絵画評も一流で、*Just Looking* (New York: Alfred A. Knopf, 1989) という本が生れている。その本の冒頭で「ぼくにとっての最初の美術館は、母と一緒によく訪れたもの」と記し、それがレディングの美術館だったことを明かしている。

（9） John Updike, "Museum and Women" in *Museum and Women* (New York: Alfred A. Knopf, 1972)

（10） *Museum and Women*, p. 5.

（11） *Ibid.*, p. 6.

（12） *Pigeon Feathers*, p. 65.

（13） *Self-Consciousness*, p. 37. ただノラのラストネームは記していない。彼女はどこか遠くへ越して、アップダイクが自伝を書いた時点では、家は昔のままあったそうだが、彼女の家族はもうそこには住んでいなかった、と記している。ノラという名も、実名ではない可能性がある。

(14) *Ibid.*, p. 37.
(15) *Pigeon Feathers*, p. 72.
(16) *Ibid.*, p. 72.

第三章

(1) "My Father's Tears" in *My Father's Tears* (New York: Ballantine Book, 2009)
(2) *Ibid.*, p. 193.
(3) "Twin Bed in Rome" in *Too Far to Go* (New York: Fawcett Crest, 1979)
(4) *My Father's Tears*, p. 211.
(5) "The Lucid Eye in Silver Town" in *Assorted Prose* (New York: Alfred A. Knopf, 1965)
(6) *Ibid.*, p. 198.　次の引用も同頁。
(7) *My Father's Tears*, p. 198.
(8) *The Centaur* (New York: Alfred A. Knopf, 1963), p. 3.
(9) *Ibid.*, p. 21.
(10) *Self-Consciousness*, pp. 31–33.
(11) *The Centaur*, p. 92.
(12) *Ibid.*, p. 92.
(13) *Ibid.*, p. 150.

第四章

（1）"Norman Mailer vs Nine Writers" *Esquire*, 1963, July. p. 67

（2）John Updike, "The Walk with Elizanne" in *My Father's Tears* (New York: Ballantine Book, 2009), p. 48.

（3）"The Happiest I've Been" in *The Same Door* (New York: Alfred A. Knopf, 1959)

（4）*My Father's Tears*, p. 43.

（5）*Ibid*., p. 44.

（6）*Ibid*., p. 46.

（7）*Self-Consciousness*, p. 37.

（8）*Ibid*., p. 37.

（9）John Updike, "Introduction to Self-Selected Stories" in *More Matters* (New York: Alfred A. Knopf, 1998), p. 768.

（10）この部分の情報は『ジョン・アップダイク事典』（雄松堂出版　鈴江淳子訳）による。

（11）"The Happiest I've Been" in *The Same Door*, p. 241.

（12）*Museum and Women*, p. 7.

（13）*Ibid*., p. 8.

（14）*Ibid*., p. 10.

（15）*My Father's Tears*, p. 196.

第五章

（1） John Updike, *Too Far to Go: The Maples Stories*（New York: Fawcett Crest, 1979）この本だけ紙装版で出版されている。
（2） *Self-Consciousness*, p. 44.
（3） *Ibid.*, p. 99.
（4） *Ibid.*, p. 48.
（5） *Ibid.*, p. 235.
（6） *My Father's Tears*, p. 204.
（7） *Ibid.*, p. 206.
（8） John Updike, *Of the Farm*（New York: Alfred A. Knopf, 1965）これは、主人公デイヴィッドが父の死後、一人で農場で暮す母を見舞うために、再婚した妻ペギーとその息子を伴って故郷を訪れる話である。
（9） *My Father's Tears*, p. 207.
（10） *Too Far to Go* の最終章に収められた書き下しの短編で、メイプル夫妻の離婚成立のことを題材としている。
（11） *Self-Consciousness*, pp. 174–175.
（12） *Pigeon Feathers*, pp. 227–245. に収録されている。
（13） *Ibid.*, p. 231.
（14） *Self-Consciousness*, pp. 174–175.

(15) *Pigeon Feathers* に収録されている。pp. 253-257.
(16) *Ibid.*, p. 254.
(17) *Ibid.*, p. 253.
(18) John Updike, "Introduction to Self-Selected Stories" in *More Matter* (New York: Alfred A. Knopf, 1999), p. 768.
(19) この短編は最初『ニューヨーカー』誌に発表され、後に *The Same Door* (New York: Alfred A. Knopf, 1959) に収録された。そして *Too Far to Go* の出版に際し、メイプル夫妻の連作物語の第一章となった。
(20) *Too Far to Go*, p. 9.
(21) *Ibid.*, p. 13.
(22) *Self-Consciousness*, p. 48.
(23) *Ibid.*, p. 49.

第六章

(1) アップダイクが午前中に仕事（書くこと）をし、午後は家族と過したり、一人で砂浜で日光浴をしたり、ゴルフなどに興じていたことはよく知られていたが、その事を自分で書いたものに次のようなものがある。「ぼくは今や職業作家なのだからと考えて、（午前中は物を書くが）午後にやることを考えなければいけないと思い、イップスイッチでゴルフを始めた」と書いている。(John Updike, *Golf Dreams*, New York: Alfred A. Knopf, 1996), p. 188.

また、自伝の中で一九六〇年代の中頃、突然メアリーが午前中に家できまって書き物をする夫のため昼食を作るのがいやになった、と言いだし、町の中心部にあるレストランの二階を仕事場として借り、朝早くからそこに出かけ、まだヒーターのきいていない寒い部屋で書き物をする。そして、昼になると、階下に降りて昼食を摂り、やがてメアリーが車で迎えに来るのを待ち、家族で海浜に行くというエピソードが書かれている。(*Self-Consciousness*, pp. 58-59.)

(2) *Self-Consciousness*, pp. 51-52.

(3) *Ibid.*, p. 53.

(4) アップダイクはイップスイッチへ越した理由の一つを、そこの砂丘と砂浜の故としていたが、*The Columbia Encyclopedia* でもイップスイッチの Crane's Beach をアメリカ第一の景観と記しており、また町の魅力を様々な歴史的建造物が残っているため、としている。

(5) John Updike, *Couples* (New York: Alfred A. Knopf, 1968), p. 16.

(6) アップダイクはイップスイッチの海に続く沼沢地に面した十七世紀に最初建てられたと思える古い家を買い、そこに一九五八年に住むようになる。そして、この家のことをモデルとして、後に『ニューヨーカー』誌に「アメリカの家庭生活」("Domestic life in America" in *Problems & Other Stories*, Alfred A. Knopf, 1979) を書き、家のことを詳しく書いている。別居している男が妻と残った子供たちのために、いろいろと男の仕事をする様子を描いている。

(7) John Updike, *Couples*, p. 7.

(8) *Ibid.*, p. 205.

第七章

（1） *Conversations with John Updike*, p. 117. 著者（岩元）との対談の中で、『結婚しよう』の時代背景が一九六一年頃となっていることを語り、それを中断し『夫婦たち』という一九六三年春からおよそ一年を背景としている小説を書いた、と語っている。そして数年たって、また思いついて続きを書きたし、一九七六年に出版に至った、と述べている。

（2） *Pigeon Feathers & Other Stories*, p. 123. 主人公のデイヴィッドは死の恐怖を強く感じ、それを拭い去ることが、この短編の一つの主題となっている。物語の最後で、彼は鳩の羽根の繊細な造作の中に神の恩寵を見、自らの死への恐怖をやわらげている。

（3） *Too Far to Go* (New York: Fawcett Crest, 1979) "Forward" p. 9. 訳文は拙訳（『メイプル夫妻の物語』新潮社、一九九三年）三頁。

（4） *Ibid.*, pp. 13-14.

（5） "A Traded Car" in *Pigeon Feathers*, p. 258.

（6） *Self-Consciousness*, p. 58.

（7） *Ibid.*, p. 59.

（8） *Too Far to Go*, p. 35.

（9） *Ibid.*, p. 35. "Seven years have worn this woman." と、作者は書く。

（10） *Too Far to Go*, p. 59.

（11） *Ibid.*, p. 61.

（12） *Self-Consciousness*, p. 55.

(13) *Too Far to Go*, p. 111.

(14) *Ibid.*, p. 117.

(15) *Ibid.*, p. 178.

(16) *Ibid.*, pp. 192-193.

(17) *Ibid.*, p. 211.　直前のリチャードの言葉も同頁にある。

終章

(1) *Too Far to Go*, p. 219.

(2) *Ibid.*, p. 219.

ジョン・アップダイク　年表

年	事　　項	アメリカ社会事項
一九三二	ジョン・ホイヤー・アップダイクは三月十八日にペンシルヴァニア州レディングのウエスト・レディングにある病院にて生れた。母はリンダ・グレイス、父はウェズリー・アップダイク。当時、父母はシリングトンの町のフィラデルフィア街一一七番地に祖父母と共に住んでいた。アップダイクはここに十三歳になるまで住んだ。	大不況の余波が残っており、父はシリングトン中学・高校にて数学を教える教師をしていた。
一九三六	祖父母の宗派、ルター派教会で育てられ、この年にシリングトンの小学校に入る。やがて成長し、十二才の時には、将来、『ニューヨーカー』誌に絵や文章を載せるジェイムズ・サーバーのようになりたい、と願っていた。	第二次大戦にむかう風潮で世界は緊張している。
一九四三	シリングトン高校（中・高一貫）に入学。中学一年生（七年次生）で、すでに校誌の“Chatterbox”に雑文を寄稿し始める。二年生の時すでに級長（Class President）となり、成績は抜群。高校の *Yearbook* の頁に、「将来は物書きとなって暮した	一九四一年暮に太平洋戦争が始まる。

	い」と書いている。	
一九四五	この年の十月、ハロウィーンの日に一家はかつての祖父の家を買い戻して、プラウヴィルにあった九十三エーカーの農場に移転する。アップダイクにとっては町から離れ、異常な孤立感を持つ出来事となった。	日本降伏。第二次大戦終結
一九五〇	高校を卒業し、初めての開放された夏休みのアップダイクはレディングの地方紙 *Reading Eagle* で、コピーボーイとしてアルバイト。二、三記事も書かせてもらっている。この秋、ハーヴァード大学より授業料免除の奨学金を得て、入学。大学文芸誌の『ランプーン』誌に、イラスト、雑文、詩などを寄稿し、その後初めて長編小説 *Willow* を書き始めたが未完。	ジョセフ・マッカーシーが共産主義者を告発。マッカーシー旋風の始まり。六月朝鮮戦争勃発日米講和条約の発効。
一九五三	六月二十六日、メアリー・ペニングトンと結婚。メアリーはシカゴ第一ユニテリアン教会の牧師、レスリー・ペニングトンの娘で、ラドクリフ女子大で美術を専攻した才媛。	朝鮮戦争終結。休戦条約成立す。
一九五四	アップダイクはハーヴァード大学の英文学専攻生として卒業。優等生（Summa Cum Laude）だった。その年の六月、『ニューヨーカー』誌が彼の詩と短篇を一つ採用してくれた。“Friends	公立学校での人種差別は憲法違反とした。

	from Philadelphia"である。また、ノックス奨学金を得て、オックスフォードに留学する。Ruskin School という大学院にて画と美学を学ぶ。この年に、Katharine White と出会い、『ニューヨーカー』誌のスタッフ・ライターへと誘われる。	
一九五五	四月一日に長女のエリザベスがオックスフォードにて生まれる。この話をもとにして"A Dying Cat"という短編を書いている。八月に帰国して、ニューヨーク市のリバーサイドにあるアパートに居をかため、『ニューヨーカー』誌のスタッフライターとして、"The Talk of the Town"というコラムを担当する。	マーティン・ルーサー・キング・ジュニア牧師登場し、Nonviolence を唱える。
一九五七	一月に長男のデイヴィッドが生まれる。アップダイクは長編小説の *Home* を完結する。出版されなかったし、彼はそれを書き改めることもしなかった。三月から、短編小説と詩を書くことに専念し、『ニューヨーカー』誌を辞し、四月に家族と共にボストンの東北にある海浜の地で、古い町のイップスイッチに越す。夫婦が新婚旅行で過した町である。後に *Couples* の舞台となるターボックスのモデルの地となる。ここで、彼は *Poorhouse Fair* を書き始める。	アーカンソー州リトルロックで黒人高校生の入学をめぐって、暴動発生。公民権運動が激しくなる。

一九五八	最初の本であり、詩集でもある *Carpentered Hen & Other Poems* が Harper and Brothers 社から出版される。イップスイッチでは、義父の友人の家を借りていたが、East St. の二十六番地に十八世紀に建てられた古い家を買いとり、そこに越している。短編の "Plumbing" の中でこの家の話が描かれている。	
一九五九	彼の処女長編 *Poorhouse Fair* と最初の短編集 *The Same Door* が Alfred A. Knopf 社から出版される。以後、彼の作品（*Too Far to Go* を除いて）のすべてを Knopf 社が出版することとなる。次男のマイケルが五月に生れる。またこの年、Guggenheim の奨励金を得て、*Rabbit, Run* にとりかかる。	
一九六〇	*Rabbit, Run* が出版され好評。*Poorhouse Fair* が国家芸術・文学協会の賞 (Rosenthal Award) を受ける。作家として確立してゆく。十二月に次女のミランダが生まれ、四人の子持ちとなる。	J・F・ケネディが大統領となる。
一九六一	メアリーに言われて、仕事場を町の中心部にあるレストランの二階 (South Main St.) へ移す。毎日午前中はここで仕事をする。アップダイクは非常に着実な書き手で、小説、詩、短編、書評などすべてをこなした。生計のため、勤勉に書いた人であった。	

ジョン・アップダイク　年表

一九六二	この年、夏だけ彼は母校のハーヴァード大で創作の講座を持った。	キューバ危機が起る。ヴェトナム戦争へ実質介入。
一九六三	*The Centaur* が出版された。アップダイクが父をモデルとした野心作であった。自分で、自己の最高作と述べている。	J・F・ケネディ大統領が暗殺される。ジョンソン大統領となる。
一九六四	*The Centaur* が全米図書賞を受ける。国家芸術・文学協会の会員に選ばれる。故郷の町シリングトンをモデル（背景とした）短編集 *The Olinger Stories* が出版される。この年、文化使節として、ロシアから東欧諸国に講演旅行。短編の "The Bulgarian Poetess" が書かれ、ここに初めて、ベック氏という主人公が登場している。	ニューヨーク市のハーレムで黒人暴動が発生し、各都市へ波及。
一九六五	アメリカ芸術科学院（American Academy）の一員に選出される。	Black Muslims の指導者マルコムXが暗殺される。
一九六六	"The Bulgarian Poetess" で O. Henry 賞の第一位賞を受ける。	
一九六七	"Marching Through Boston" が O. Henry 賞を受賞。	各都市で黒人暴動が発生する。

一九六八	*Couples*が出版され、ベストセラーとなる。イップスイッチの若い夫婦たちをモデルとした小説で、性愛の描写や、Swapping（夫婦交換）などの言葉が流行語になった。新しい風俗小説だった。アップダイクは四月二十六日号の『タイム』誌のカバーに載り、特集記事をくまれた。	コロンビア大学紛争。大学紛争が全国的に広まる。 ロバート・ケネディ暗殺される。 ニクソン大統領となる。
一九六九	詩集 *Midpoint & Other Poems* を出版。その中で、彼は詩の形で、小説作法の哲学を述べている。	全国的に大学紛争が広がり、ヴェトナム戦争反対の声が大きくなる。
一九七一	ウサギ・シリーズの第二作 *Rabbit Redux* が出版される。“Redux”「連れ戻される」が一時流行語になる。	一九七〇年ヴェトナム戦争よりの撤退を発表する。 Women's Lib の運動が起り、女性解放。
一九七二	国会図書館のアメリカ文学コンサルタントに任命される。	
一九七三	フルブライト委員会の「リンカーン講演者」として、アフリカ諸国にメアリーと共に講演旅行に出た。	ヴェトナム戦争平和協定成立。 ウォーターゲート事件。

一九七四	メアリーと別居し、ボストンの Beacon St. のアパートへ移る。短編の"Separating"に詳しいことが小説化されている。	ニクソン大統領が辞任する。
一九七五	ホーソーンの『緋文字』からヒントを得、三部作を構想し、第一作 *A Month of Sundays* を刊行した。	フォード大統領がヴェトナム戦争の終結を宣言する。
一九七六	三月に裁判所にて"No-fault" divorce という新しい法律により、メアリーと離婚する。六月にマーサ・バーンハードとその三人の息子と共に、イップスイッチの西十マイルほどの地にあるジョージタウンの中心部にある家に入る。*Marry Me* を出版する。マーサをモデルとしたサリーを主人公とした恋愛小説である。	ロッキード事件が暴露される。カーターが大統領選を制す。
一九七七	マーサと九月三十日に結婚。	カーター大統領となり、米軍の韓国よりの全面撤退を発表する。
一九七八	アフリカに題材をとった *The Coup* を出版する。新しい題材への出発である。	
一九七九	*Too Far to Go* が紙製版で出版される。副題は *The Maples Stories* となっていて、アップダイクとメアリーの夫婦の物語と	スリーマイル島で原発事故発生。

	なっている。テレビ（NBC）でドラマ化されて、放映された。	
一九八〇	短編 "The Music School" が公共放送の "American Short Stories" シリーズの一環として放送される。	
一九八一	*Rabbit is Rich* が刊行される。アメリカの New-Realism を生むきっかけとなり、好評。*Bech is Back* 刊行。	レーガン大統領となり、新保守主義の時代に。
一九八二	*Rabbit is Rich* によって、小説部門のピュリツァー賞を受ける。これは前年にアメリカ批評家賞もすでに受けていた。五月にマーサと共にボストンの東北部に当たる海浜の地ヴェバリーファームズの地に家を買い、引っ越す。十月には『タイム』誌のカバーに登場する。	レーガン政権がニカラグア紛争に介入。
一九八三	五月に、ペンシルヴァニア州より、芸術・文化名士賞を与えられる。書評など集めた *Hugging The Shore* 刊行。	米軍がグレナダに侵攻。
一九八四	*The Witches of Eastwick* が刊行される。また *Hugging The Shore* によって、全米批評家賞を受ける。	レーガン大統領再選。 一九八五年日米貿易不均衡で、日本への批判強まる。

一九八六	*Roger's Version* が刊行される。『緋文字』三部作の二作目。	
一九八八	『緋文字』三部作の *S.* が刊行される。	
一九八九	十一月十七日にブッシュ大統領よりホワイトハウスにて、「文化功労賞」を授与される。	Japan Bashing. 日本への批判ます。天安門事件。
一九九〇	*Rabbit at Rest* が刊行され、「ウサギ」シリーズが完結した。アメリカ社会のおよそ四十年間をうつした小説となった。	イラク軍がクエートに侵攻。イラク戦争へ米軍介入。
一九九一	*Rabbit at Rest* でピュリツァー賞を受ける。二度目の受賞である。また短編の“A Sandstone Farmhouse”が O. Henry 賞の一席に選ばれる。	
一九九三	Knopf 社より、*Collected Poems 1953–1993* が刊行された。クノップフ社よりの四十冊目の本となる。	クリントン大統領となる。
一九九四	*Brazil* 刊行。短編集 *The Afterlife* を刊行。	ロサンゼルスで大地震発生。
一九九五	エブリマン社が、ウサギシリーズをまとめた *Rabbit Angstrom* を出版する。	

一九九六	ゴルフにまつわる短編・エッセイの *Golf Dreams* を出版する。 *In the Beauty of the Lilies* 出版される。	アトランタオリンピック開催。
一九九七	*Toward the End of Time* 出版。	
二〇〇〇	『ハムレット』の物語の前の部分を描いてみせた *Gertrude and Claudius* を刊行する。アップダイクの不倫に対する考え方を知るのによい。	
二〇〇二	*Seek My Face* を出版。	カーター元大統領がノーベル平和賞受賞。
二〇〇四	*Villages* を出版。	
二〇〇六	*Terrorist* を出版。	
二〇〇八	*Widows of Eastwick* を出版。	リーマン・ブラザーズ・ホールディングスが経営破綻。
二〇〇九	短編集 *Father's Tears* を出版。最後の作となる。一月二十七日に肺癌のために死去。七十六歳だった。	バラク・オバマが大統領となる。

注　年表の製作にあたっては、James Plath 氏編集の *Conversations with John Updike* を参考にさせていただいた。

あとがき

ジョン・アップダイクはぼくと同世代のアメリカ作家だった。もう半世紀近く前、一九七〇年代の中頃だったろうか、ぼくは『英語青年』という雑誌で「大西洋の両岸」（"Both Sides of the Atlantic"）というコラムのアメリカ文学を担当していたことがある。当時、この雑誌の編集長をしていたのは、小出二郎で、ぼくの大学の三年後輩で、親しかった。頼まれていた原稿を渡し、お茶でもということで、二人して社屋の近くの喫茶店に入った。コーヒーを前にしての雑談の折に、「世代論」という話になっていたが、彼が急に、「岩元さんにとってのアメリカの同世代作家はと問われたら、誰を選ぶのですか」と言った。ぼくは「そりゃ、アップダイクです」と答えた。

その頃、ぼくはメイラーやマラマッドなどのユダヤ系作家の作品をよく読んでいたし、またぼくと同年（一九三〇年）生れのジョン・バースにも心酔していたが、小出さんの質問にすぐにアップダイクと反応していた。

やはり、その時点で、ぼくはアップダイクに、そして彼の作品に不思議な魅力を感じ、しかも強い共感を覚えていたのだろう、と思う。『英語青年』はその後、「私の同世代作家」というコラムを設けたが、ぼくはその一回目を小出さんのすすめで書いた。もちろん、ジョン・アップダイクだった。

ぼくはその頃すでにアップダイクについての論文を書いていたし、英潮社という出版社がペンギン・ブックスと対応して出版し始めていた注釈・解説本の第一作となる『走れ、ウサギ』(*Rabbit, Run*)をぼくが書いていた。それが縁でか、新潮社より『結婚しよう』(*Marry Me*, 1976)の翻訳の依頼を受けた。訳稿ができあがったのは一九七七年だと思う。七八年の正月から一年間、ぼくはウィスコンシン大学のミルウォーキー校にある二〇世紀研究所に家族を連れて滞在することとなった。かつての恩師、イーハーブ・ハッサン教授の推薦のお蔭だった。六月に子供たちも夏休みとなり、ぼくは車で一家を連れて、アメリカの南東部を見物し、その後、昔に滞在していたコネティカット州ミドルタウンにあるウェスリアン大学を再訪しようという計画をしていた。ちょうど『結婚しよう』の初校ゲラも出てきて、それに手を入れ始めていた頃である。

すると、新潮社の編集者の方から、電話があり、ニューイングランド方面に行くのなら、アップダイクさんに会って、対談記を宣伝誌『波』に送ってくれないかと言う。ぼくはクノップフ社に電話をし、訳者だと名を告げると、すぐに彼のブックエイジェントを紹介してくれ、そこから、ジョージタウンのアップダイク氏の自宅に電話をかけることができた。当代きっての作家が、その訳者とはいえ、ぼくなどに会ってくれるのかと、半信半疑だったが、アップダイク氏はとても親切だった。ぼくの旅行の予定を訊ね、六月の後半のある一日の午後を指定してくれた。ぼくはミドルタウンの友人の家に泊っており、そこから家内を伴って、ボストンの郊外を迂回し、彼の住むジョージタウンという小さな村についた。

本当に小さい村だった。アップダイク氏はそこの西メインストリートという所に住んでいた。中心部といっても、四つ辻に、ガソリンスタンドと、そのむかいに小さなレストラン、そして、郵便局があるだけだった。四つ辻から少し先、西北に彼の家があった。玄関にぼくと家内を迎えてくれた彼は背が高く、そして物腰やわらかく、親切だった。すぐに玄関から傍へ通ずる広い書斎に案内してくれた。古い家に、建て増しをし、自分の書斎《オフィス》としたと、ぼくらの座る場所を用意してくれながら彼は話す。少しも気どらず、常にぼくらを気遣い、ミルウォーキーなどという遠い所からよく来てくれた、と歓迎してくれるのだった。

ぼくが用意してきた『結婚しよう』の中の幾つかの疑問点などに対し、気安く答えてくれ、また小説自体の解釈などについても、説明してくれた。これは後に、ぼくの友人のジェイムズ・プラスと言うアップダイク研究家が編集した『ジョン・アップダイク対談集』（*Conversations with John Updike*, Jackson: U. P. Of Mississippi, 1994）に“A Visit to Mr. Updike” pp. 115-123. として収録されている。また『波』（新潮社）の一九七八年八月号に「アップダイク氏を訪問す」というぼくのエッセイが載っている。

その日、対談が終り、ぼくたちは失礼することになり、玄関を出たところ、アップダイク氏が家の中に声をかけ、マーサを呼びだし、再婚したんだ、新しい妻だ、と紹介してくれた。

ぼくは少し驚いた。ほぼ一年間『結婚しよう』という作品とつきあっていて、作中の主人公ジェリーの愛人となるサリーという人妻が非常に情熱的で、妖艶と思える女性だったことを心得ていたからだった。だが家の奥から玄関口へ跳びはねるように現われた女性がまるで田舎娘のように、お下げ髪をし、格子縞のフラネルのシャツにジーパンという姿だったからだ。それがぼくがマーサ・バーンハードにあった最初の時だった。

後にぼくは二度、アップダイク夫妻に会っている。実はそれ以後、ぼくたちはクリスマスにカードを送り合ったり、手紙を交換しあったりする仲となった。そして、『結婚しよう』が一九八八年に新潮文庫に入ると、よく売れるようになり、文庫として、『遠すぎた道程《トゥー・ファー・トゥ・ゴー》』を『メイプル夫妻の物語』として出版することが決まり、ぼくがその訳を担当することとなった。ちょうど一九八九年には、ウィスコンシン大学の秋学期に「日米現代小説」という比較文化のゼミを担当していたので、作中の疑問点でも訊ねてみようか、とアップダイク氏に電話をしてみた。この頃はもう、彼はベヴァリーファームズという所に新居を構えていた。すぐいつでもいらっしゃい、と言う。十二月なら、クリスマスの休みを除いていつでも、と言うので、ぼくはクリスマスの二週間前の日曜日の午前中を選んだ。

当日、手紙で示されていたとおり、ぼくはボストンのノース・ステイションから北西のグロウスター（Gloucester）方面行きの列車に乗り、ベヴァリーファームズの駅に降りたった。そこには、すでにアップダイク夫妻が車で待っていた。マーサを教会におろし、彼は新居にぼくを案内してくれた。ぼくはまた驚いた。新居があまりにも豪壮だったからだ。ジョージタウンの家とは大違いだった。街路から庭へ入り、玄関の車寄せまでの道といい、まさしく映画などで見る上流中産階級《アッパー・ミドル》の典型的なお屋敷だったからである。

アップダイク氏は、マーサは決まって教会（組合派《コングリゲイショナル》）に行くが、ぼくは行かない、と言い、彼女に代って、紅茶でいいか、と言い、茶器の仕度をしてくれる。案内されたのは書斎に続く居間であって、書斎の棚には彼の著作がずらりと並び、ぼくの訳書をはじめ、日本で出版された訳書も並んでいた。

先ずは、『遠すぎた道程』の語学的疑問と風物の不明点などを訊ねると、彼は実に優しく答えてくれる。終って雑談をしたが、彼はゴルフが大好きだから、ウィスコンシンのゴルフについても訊ねる。ぼくもゴルフをやる。聞けば、背の高い彼がぼくと同じく、オフィシャル・ハンディキャップで18である、と言う。一度、ウィスコンシンか日本に来て、ゴルフをやりたいですね、と言いあったが、それはついに実現しなかった。しかし、一九九六年に彼は『ゴルフ・ドリームズ』というゴルフにまつわるエッセイや短編を集めた本を出した。これは、知的なゴルファーたちの間で評判となり、アメリカの名門ゴルフ場では受付のカウンターやゴルフ用品の売場などに置くほどであった。幸い、その翻訳の仕事がぼくにまわってきて、集英社から、翻訳を出したが、日本ではあまり売れなかった。

雑談をおえ、ぼくはお昼すぎの列車でボストンに帰り、そこから空港へ出、午後おそくの便でミルウォーキーに戻らねばならなかった。

だが、ぼくが立とうとすると、書斎を案内する、と彼が言うので、新しい立派な書斎を見せてもらった。すると、書棚から、一冊、大判の画集のような物を彼は取りだし、もう一度、机にむかって何か書き始めた。それは、ちょうどその年に出たばかりの『ただ観るだけ』（*Just Looking*, 1989）という美術と美術館に関するエッセイ集で、その白い扉に彼はぼくにクリスマスに贈る、と書き、そしてサンタクロースの似顔絵（顔は自分に似せて）まで描いてくれていた。その後、彼は、実はこの秋は良い事と悪い事が重なって、少し疲れた、と言った。そして、母親が死に、ペンシルヴァニアのプラウヴィルまで行き、葬儀をしたことなどを話し、また良い事の一つは、長年かけて書いていた「ウサギ」シリーズの最終作

『さようならウサギ』がやっと完成し、来年には本になる、と言い、その原稿を書棚から取り出して、見せてくれた。

次にアップダイク夫妻にお会いしたのは、一九九二年の十月だった。これは、九〇年に出版された『さようならウサギ』が好評で、ウィスコンシンでもアップダイクの評判は非常に高く、ぼくはその秋にまた比較文化のゼミの講義でミルウォーキー校の二〇世紀研究所に滞在していた。同窓会と研究所と大学が共催でアップダイク氏を招いて、講演してもらうという案がどこからか出、ぼくにその橋渡しをしてくれという依頼がきた。ぼくはゴルフを一緒にやろうなどという約束を思いだし、果たして、来ていただけるものか、と心配ではあったが、打診の手紙を書くと、アップダイク氏はすぐに返事をくれた。ちょうど十一月の末にシカゴで講演をすることになっているが、その翌日でよければ、喜んで講演に応ずる、とあった。

それが実現し、彼はマーサと共にミルウォーキーを訪れてくれた。学長用宿舎に泊っていただき、学長招待のディナーの後、およそ千人余の聴衆を前に、彼は作品を書く挿話を披露し、その後、最近作の短編から一部を朗読した。会場には女性のファンがいっぱいいて、講演の後、彼が本を持ってきた人々にサインをすると申し出たので、手に手に『さようならウサギ』(シュウォーツというミルウォーキーの有名な書店がそのハードカバー版を特別に安い価格で用意していた)を持ち、女性たちがサインを貰おうと長蛇の列をなした。

ぼくと世話役の文理学部長のハロラン氏はそれを傍らで見ながら待ったが、アップダイク氏が一人一人に声をかけては、サインをしていく優しさに驚いた。サインの列がなくなる頃にはすでに深更に達していた。

アップダイク氏はそういう優しさを持つ。翌日、ぼくと彼とは、朝のコーヒーを飲みながら、短編小説の話をした。ぼくも下手ではあるが、その頃、少し短編小説を試みていた。そうしたら、話がぼくの好きな彼の短編、彼が好きな自分の短編などの話となり、彼の自選短編集を日本で出してはどうか、ということとなった。それが実って一九九五年に『アップダイク自選短編集』として新潮文庫から出版された。彼はその「はしがき」に特別に長い文章を書き送ってくれた。そしてこの文章は彼の散文・書評を集めた『更に多くのもの』(*More Matter*, 1999) という本の中に収められている。(New York: Knopf, pp. 767-770)

この時に彼と一緒に来られたマーサはかつてぼくが最初にお会いした時とはまったく違い、素敵なスーツに身をつつんだ、初老の婦人となっていた。とても優雅に見え、いかにも世界的に有名となった作家の夫人という風情だった。

アップダイク氏を日本に招待しようという話も実はあったが、一時的な経済不況(日本のバブル崩壊やアメリカのリーマン・ショックなど)のため、ついに実現できなかった。彼とぼくのゴルフ行も実現しないままに、彼は急に亡くなってしまった。肺癌だった。彼の話では、少年時代から煙草を吸っていて、一時ヘビー・スモーカーだったそうだ。遺作のようになった『父の涙』（*My Father's Tears & Other Stories*, 2009）を手にして、ぼくは冒頭の短編「父の涙」では、彼が自分の分身であるデイヴィッドがハーヴァードへ帰る際の事から書きだし、恋人の待つケンブリッジの駅で降り立つ事や、一九七二年、メアリーと別れることになっていながら、ヨーロッパを旅し、その途中で父の死の報を母親から受ける話を書いているのにぼくは感動した。アップダイクが死を知りながら、かつて愛した故郷と自分の父母、そして恋人だったメアリー、最後に別れを知りながらのメアリーとの旅、いわば彼が言っていた作家としての題材の「鉱脈」からまた作品を作りだしてくれたのが嬉しかった。ぼくがアップダイクの自伝的な事実と彼の前半生の時代に書かれた作品との関係についてまとめてみようと考えたきっかけでもあった。

ぼくが兄事していた外山滋比古先生が一九九〇年代の終り頃、雑談の会をごく小人数でやるから参加しませんか、と誘ってこられた。会員は『英語青年』の編集長だった小出二郎、みすず書房の編集者で外山先生の大ファンでもあった辻井忠雄、そして先生の愛弟子だった岡本靖正、栗原裕、河本仲聖の七人だった。共立女子大の河本が幹事役をつとめ、毎月一回、共立の大学院の演習室を使っての会だった。できるだけ、専門外の話を一回に一人ずつ一時間ほど話し、後はそれを肴にして、酒を飲みながらの雑談をしようというのだった。外山先生は、それを「連談の会」と名づけられた。

十数年もその会は続いたが、英文学の専門家たちを前に話をするのはかなり難しかった。ぼくは他の人々があまり知らないだろうと思われるアメリカ文化や文学のこぼれ話のようなことを話していたが、そのうち、アップダイク氏の自伝的挿話と作品とのことを連作のように話し、「アメリカの家庭」という題にしてみようと思った。その折の話の原稿をもとに、八十歳を過ぎた頃から、少しずつ本にすることを目指して書き直していったものが、やっとまとまった。最後の二章はもうぼく自身が九十歳をこえてしまい、昔のように筆が進まないので往生した。最後はついに老人ホームでの仕事となった。グッドタイムリビング新浦安という。スタッフの方々が親切で助かった。また出版に当っては、神田法子さんがぼくの手書き原稿をデジタル化してくれ、成美堂の社長であり、長年の友人である佐野英一郎氏が出版を引き受けてくれた。編集に当ってくださったのは工藤隆志氏である。連談の会の仲間たち、そして今述べたこれらの人々のお蔭で、おそらくぼくの最後となるであろうと思える本が世に出ることとなった。ここに記して、お礼とする。ただただ感謝のみである。

二〇二一年四月　岩元　巌

■著者略歴■

岩元　巖（いわもと　いわお）

一九三〇年大分県に生まれる。五三年東京教育大学卒業。五四年～五五年フルブライト留学生（コロンビア大学比較文学研究科）。希望ヶ丘高校、北野高校、中央大学、東京学芸大学を経て、七五年筑波大学教授。九一年退官（名誉教授）後、共立女子大学、麗澤大学教授をつとめた。

ＡＣＬＳ（アメリカ学術委員会）招聘研究員としてウェスリアン大学（一九六六～六七）、ウィスコンシン大学（一九七二）にてアメリカ小説研究。

著書：『現代のアメリカ小説』（英潮社）、『バーナード・マラマッド』（冬樹社）、『現代アメリカ作家の世界』（リーベル出版）、『変容するアメリカン・フィクション』（南雲堂）、『シオドア・ドライサー』（清水書院）、『シオドア・ドライサーの世界』（成美堂）、『現代アメリカ文学講義』（彩流社）。

翻訳：ケン・キージー『カッコーの巣の上で』（パンローリング社）、ジョン・アップダイク『結婚しよう』（新潮社）他多数。

ジョン・アップダイクの世界

—体験から虚構へ—

2021年9月 1日　初版印刷
2021年9月10日　初版発行

著　　者　岩元　巖

発 行 者　佐野　英一郎
発 行 所　株式会社　成 美 堂
〒101-0052　東京都千代田区神田小川町 3-22
TEL：03-3291-2261　FAX：03-3293-5490
https://www.seibido.co.jp
印刷・製本　三美印刷株式会社

ISBN978-4-7919-7200-5 C1082
PRINTED IN JAPAN